Elogio de
la madrastra

ACOSTA ALORETE

Mario Vargas Llosa

Elogio de la madrastra

grijalbo

ELOGIO DE LA MADRASTRA

Diseño de la colección: Clotet-Tusquets
Diseño de cubierta: MBM
Fotocomposición: Tecnitype-San Alejandro, 7-08031 Barcelona

« 1988, Mario Vargas Llosa

D.R. « 1988 por EDITORIAL GRIJALBO, S.A.
　　Calz. San Bartolo Naucalpan, No. 282
　　Argentina Poniente 11230
　　Miguel Hidalgo, México, D.F.

SEXTA EDICION PARA VENTA EXCLUSIVA
EN MEXICO Y CENTROAMERICA

ISBN 968-419-796-9

IMPRESO EN MÉXICO

Indice

Índice

A Luis G. Berlanga,
con cariño y admiración

Il faut porter ses vices comme un manteau royal, sans hâte. Comme une auréole qu'on ignore, dont on fait semblant de ne pas s'apercevoir.

Il n'y a que les êtres à vice dont le contour ne s'estompe dans la boue hialine de l'atmosphère.

La beauté est un vice, merveilleux, de la forme.

César Moro, *Amour à mort*

1
El cumpleaños de doña Lucrecia

El día que cumplió cuarenta años, doña Lucrecia encontró sobre su almohada una misiva de trazo infantil, caligrafiada con mucho cariño:

«¡Feliz cumpleaños, madrastra!

»No tengo plata para regalarte nada pero estudiaré mucho, me sacaré el primer puesto y ése será mi regalo. Eres la más buena y la más linda y yo me sueño todas las noches contigo.

»¡Feliz cumpleaños otra vez!

»Alfonso»

Era medianoche pasada y don Rigoberto estaba en el cuarto de baño entregado a sus abluciones de antes de dormir, que eran complicadas y lentas. (Después de la pintura erótica, la limpieza corporal era su pasatiempo favorito; la espiritual no lo desasosegaba tanto.) Emocionada con la carta del niño, doña Lucrecia sintió el impulso irresistible de ir a verlo, de agradecérsela. Esas líneas eran su aceptación en la familia, en verdad. ¿Estaría despierto? ¡Qué importaba! Si no, lo besaría en la frente con mucho cuidado para no recordarlo.

Mientras bajaba las escaleras alfombradas de la mansión a oscuras, rumbo a la alcoba de Alfonso, iba pensando: «Me lo he ganado, ya me quiere». Y sus viejos temores sobre el niño comenzaron a evaporarse como una leve niebla corroída por el sol del verano limeño. Había olvidado echarse encima la bata, iba desnuda bajo el ligero camisón de dormir de seda negra y sus formas blancas, ubérrimas, duras todavía, parecían flotar en la penumbra entrecortada por los reflejos de la calle. Llevaba sueltos los largos cabellos y aún no se había quitado los pendientes, anillos y collares de la fiesta.

En el cuarto del niño —¡cierto, Foncho leía siempre hasta tardísimo!— había luz. Doña Lucrecia tocó con los nudillos y entró: «¡Alfonsito!». En el cono amarillento que irradiaba la lamparilla del velador, de detrás de un libro de Alejandro Dumas, asomó, asustada, una carita de Niño Jesús. Los bucles dorados revueltos, la boca entreabierta por la sorpresa mostrando la doble hilera de blanquísimos dientes, los grandes ojos azu-

16

les desorbitados tratando de rescatarla de la sombra del umbral. Doña Lucrecia permanecía inmóvil, observándolo con ternura. ¡Qué bonito niño! Un ángel de nacimiento, uno de esos pajes de los grabados galantes que su marido escondía bajo cuatro llaves.

—¿Eres tú, madrastra?

—Qué cartita más linda me escribiste, Foncho. Es el mejor regalo de cumpleaños que me han hecho nunca, te juro.

El niño había brincado y estaba ya de pie sobre la cama. Le sonreía, con los brazos abiertos. Mientras avanzaba hacia él, risueña también, doña Lucrecia sorprendió —¿adivinó?— en los ojos de su hijastro una mirada que pasaba de la alegría al desconcierto y se fijaba, atónita, en su busto. «Dios mío, pero si estás casi desnuda», pensó. «Cómo te olvidaste de la bata, tonta. Qué espectáculo para el pobre chico.» ¿Había tomado más copas de lo debido?

Pero Alfonsito ya la abrazaba: «¡Feliz cumplete, madrastra!». Su voz, fresca y despreocupada, rejuvenecía la noche. Doña Lucrecia sintió contra su cuerpo la espigada silueta de huesecillos frágiles y pensó en un pajarillo. Se le ocurrió que si lo estrechaba con mucho ímpetu el niño se quebraría como un carrizo. Así, él de pie sobre el lecho, eran de la misma altura. Le había enroscado sus delgados brazos en el cuello y la besaba amorosamente en la mejilla. Doña Lucrecia lo abrazó también y una de sus manos, deslizándose bajo la camisa del pijama azul marino, de filos rojos, le repasó la espalda y la palmeó, sintiendo en la yema de los dedos el delicado graderío de su espina dorsal. «Te quiero mucho, madrastra», susurró la vocecita junto a su oído. Doña Lucrecia sintió dos breves labios que se detenían ante el lóbulo inferior de su oreja, lo calentaban con su vaho, lo besaban y lo mordisqueaban, jugando. Le pareció que al mismo tiempo que la acariñaba, Alfonsito se reía. Su pecho desbordaba de emoción. Y pensar que sus amigas le habían vaticinado que este hijastro sería el obstáculo mayor, que por su culpa jamás llegaría a ser feliz con Rigoberto. Conmovida, lo besó también, en las mejillas, en la frente, en los alborotados cabellos, mientras, vagamente, como venida de lejos, sin que se percatara bien de ello, una sensación diferente iba calándola de un confín a otro de su cuerpo, concentrándose sobre todo en aquellas partes —los pechos, el vientre, el dorso de los muslos, el cuello, los hombros, las mejillas— expuestas al contacto del niño. «¿De veras me quieres mucho?», preguntó, intentando apartarse. Pero Alfonsito no la soltaba. Y, más bien, mientras le respondía, cantando, «Muchísimo, madrastra, eres a la que más», se colgó de ella. Después, sus manecitas la tomaron de las sienes y le echaron hacia atrás la cabeza. Doña Lucrecia se sintió picoteada en la frente, en los ojos, en las cejas, en la mejilla, en el mentón... Cuando los delgados labios rozaron los suyos, apretó los dientes, confusa. ¿Comprendía Fonchito lo que estaba haciendo? ¿Debía apartarlo de un tirón? Pero no, no, cómo iba a haber la menor malicia en el revoloteo saltarín de esos labios traviesos que dos, tres veces, errando por la geografía de su cara se posaron un instante sobre los suyos, presionándolos con avidez.

—Bueno, y ahora a dormir —dijo, por fin, zafándose del niño. Se esforzó por lucir más desenvuelta de lo que estaba—. Si no, no te levantarás para el colegio, chiquitín.

El niño se metió en la cama, asintiendo. La miraba risueño, con las mejillas sonrosadas y una expresión de arrobo. ¡Qué iba a haber malicia en él! Esa carita límpida, sus ojos regocijados, el pequeño cuerpo que se arrebujaba y encogía bajo las sábanas ¿no eran la personificación de la inocencia? ¡La podrida eres tú, Lucrecia! Lo arropó, le enderezó la almohada, lo besó en los cabellos y le apagó la luz del velador. Cuando salía del cuarto, lo oyó trinar:

19

—¡Me sacaré el primer puesto y te lo regalaré, madrastra!

—¿Prometido, Fonchito?

—¡Palabra de honor!

En la intimidad cómplice de la escalera, mientras regresaba al dormitorio, doña Lucrecia sintió que ardía de pies a cabeza. «Pero no es de fiebre», se dijo, aturdida. ¿Era posible que la caricia inconsciente de un niño la pusiera así? Te estás volviendo una viciosa, mujer. ¿Sería el primer síntoma de envejecimiento? Porque, lo cierto es que llameaba y tenía las piernas mojadas. ¡Qué vergüenza, Lucrecia, qué vergüenza! Y de pronto se le cruzó por la cabeza el recuerdo de una amiga licenciosa que, en un té destinado a recolectar fondos para la Cruz Roja, había levantado rubores y risitas nerviosas en su mesa al contarles que, a ella, dormir siestas desnuda con un ahijadito de pocos años que le rascaba la espalda, la encendía como una antorcha.

Don Rigoberto estaba tumbado de espaldas, desnudo sobre la colcha granate con estampados que semejaban alacranes. En el cuarto sin luz, apenas aclarado por el resplandor de la calle, su larga silueta blanquecina, vellosa en el pecho y en el pubis, permaneció quieta mientras doña Lucrecia se descalzaba y se tendía a su lado, sin tocarlo. ¿Dormía ya su marido?

20

—¿Dónde fuiste? —lo oyó murmurar, con la voz pastosa y demorada del hombre que habla desde el crepitar de la ilusión, una voz que ella conocía tan bien—. ¿Por qué me abandonaste, mi vida?

—Fui a darle un beso a Fonchito. Me escribió una carta de cumpleaños que no sabes. Por poco me hizo llorar de lo cariñosa que es.

Adivinó que él apenas la oía. Sintió la mano derecha de don Rigoberto rozando su muslo. Quemaba, como una compresa de agua hirviendo. Sus dedos escarbaron, torpes, por entre los pliegues y repliegues de su camisón de dormir. «Se dará cuenta que estoy empapada», pensó, incómoda. Fue un malestar fugaz, porque la misma ola vehemente que la había sobresaltado en la escalera volvió a su cuerpo, erizándolo. Le pareció que todos sus poros se abrían, ansiosos, y aguardaban.

—¿Fonchito te ha visto en camisón? —fantaseó, enardecida, la voz de su marido—. Le habrás dado malas ideas al chiquito. Esta noche tendrá su primer sueño erótico, quizás.

Lo oyó reírse, excitado, y ella se rió también: «Qué dices, tonto». A la vez, simuló golpearlo, dejando caer la mano izquierda sobre el vientre de don Rigoberto. Pero lo que tocó fue un asta humana empinándose y latiendo.

—¿Qué es esto? ¿Qué es esto? —exclamó doña Lucrecia, apresándola, estirándola, soltándola, recuperándola—. Mira lo que me he encontrado, pues, vaya sorpresa.

Don Rigoberto ya la había encaramado sobre él y la besaba con delectación, sorbiéndole los labios, separándoselos. Largo rato, con los ojos cerrados, mientras sentía la punta de la lengua de su marido explorando la cavidad de su boca, paseando por las encías y el paladar, afanándose por gustarlo y conocerlo todo, doña Lucrecia estuvo sumida en un atontamiento feliz, sensación densa y palpitante que parecía ablandar sus miembros y abolirlos, haciéndola flotar, hundirse, girar. En el fondo del torbellino placentero que eran ella, la vida, como asomando y desapareciendo en un espejo que pierde su azogue, se delineaba a ratos una carita intrusa, de ángel rubicundo. Su marido le había levantado el camisón y le acariciaba las nalgas, en un movimiento circular y metódico, mientras le besaba los pechos. Lo oía murmurar que la quería, susurrar tiernamente que con ella había empezado para él la verdadera vida. Doña Lucrecia lo besó en el cuello y mordisqueó sus tetillas hasta oírlo gemir; luego, lamió despacito aquellos nidos que tanto lo exaltaban y que don Rigoberto había lavado y perfumado cuidadosamente para ella antes de acostarse: las axilas. Lo oyó ronronear como un gato mimoso, retorciéndose bajo su cuerpo. Apresuradas, sus manos separaban las piernas de doña Lucrecia, con una suerte de exasperación. La acuclillaron sobre él, la acomodaron, la abrieron. Ella gimió, adolorida y gozosa, mientras, en un remolino confuso, divisaba una imagen de san Sebastián flechado, crucificado y empalado. Tenía la sensación de ser corneada en el centro del corazón. No se contuvo más. Con los ojos entrecerrados, las manos detrás de la cabeza, adelantando los pechos, cabalgó sobre ese potro de amor que se mecía con ella, a su compás, rumiando palabras que apenas podía articular, hasta sentir que fallecía.

—¿Quién soy? —averiguó, ciega—. ¿Quién dices que he sido?

—La esposa del rey de Lidia, mi amor —estalló don Rigoberto, perdido en su sueño.

2
Candaules, rey de Lidia

2

Candaules, rey de Lidia

[1]

Soy Candaules, rey de Lidia, pequeño país situado entre Jonia y Caria, en el corazón de aquel territorio que siglos más tarde llamarán Turquía. Lo que más me enorgullece de mi reino no son sus montañas agrietadas por la sequedad ni sus pastores de cabras que, cuando hace falta, se enfrentan a los invasores frigios y eolios y a los dorios venidos del Asia, derrotándolos, y a las bandas de fenicios, lacedemonios y a los nómadas escitas que llegan a pillar nuestras fronteras, sino la grupa de Lucrecia, mi mujer.

Digo y repito: grupa. No trasero, ni culo, ni nalgas ni posaderas, sino grupa. Porque cuando yo la cabalgo la sensación que me embarga es ésa: la de estar sobre una yegua musculosa y aterciopelada, puro nervio y docilidad. Es una grupa dura y acaso tan enorme como dicen las leyendas que sobre ella corren por el reino, inflamando la fantasía de mis súbditos. (A mis oídos llegan todas pero a mí no me enojan, me halagan.) Cuando le ordeno arrodillarse y besar la alfombra con su frente, de modo que pueda examinarla a mis anchas, el precioso objeto alcanza su más hechicero volumen. Cada hemisferio es un paraíso carnal; ambos, separados por una delicada hendidura de vello casi imperceptible que se hunde en el bosque de blancuras, negruras y sedosidades embriagadoras que corona las firmes columnas de los muslos, me hacen pensar en un altar de esa religión bárbara de los babilonios que la nuestra borró. Es dura al tacto y dulce a los labios; vasta al abrazo y cálida en las noches frías, una almohada tierna para reposar la cabeza y un surtidor de placeres a la hora del asalto amoroso. Penetrarla no es fácil; doloroso más bien, al principio, y hasta heroico por la resistencia que esas carnes rosadas oponen al ataque viril. Hacen falta una voluntad tenaz y una verga profunda y perseverante, que no se arredran ante nada ni nadie, como las mías.

Cuando le dije a Giges, hijo de Dáscilo, mi guardia y ministro, que yo estaba más orgulloso de las proezas cumplidas por mi verga con Lucrecia en el suntuoso bajel lleno de velámenes de nuestro tálamo que de mis hazañas en el campo de batalla o de la equidad con que imparto justicia, él festejó con carcajadas lo que creía una broma. Pero no lo era: lo estoy. Dudo que muchos habitantes de Lidia puedan emularme. Una noche —estaba ebrio— sólo por averiguarlo llamé al aposento a Atlas, el mejor armado de los esclavos etíopes. Hice que Lucrecia se inclinase ante él y le ordené que la montara. No lo consiguió, por lo intimidado que estaba en mi delante o porque era un desafío excesivo para sus fuerzas. Varias veces lo vi adelantarse, resuelto, empujar, jadear y retirarse, vencido. (Como el episodio mortificaba la memoria de Lucrecia, a Atlas lo mandé luego decapitar.)

Porque lo cierto es que a la reina yo la quiero. Todo en mi esposa es dulce, delicado, en contraste con la esplendidez exuberante de su grupa: sus manos y sus pies, su cintura y su boca. Tiene una nariz respingada y unos ojos lánguidos, de aguas misteriosamente quietas que sólo el placer y la cólera agitan. Yo la he estudiado como hacen los eruditos con los viejos infolios del Templo, y aunque creo saberla de memoria, cada día —cada noche, más bien— descubro en ella algo nuevo que me enternece: la suave línea de los hombros, el travieso huesecillo del codo, la finura del empeine, la redondez de sus rodillas y la transparencia azul del bosquecillo de sus axilas.

Hay quienes se aburren pronto de su

mujer legítima. La rutina del matrimonio mata el deseo, filosofan, qué ilusión puede durar y embravecer las venas de un hombre que se acuesta, a lo largo de meses y años, con la misma mujer. Pero a mí, a pesar del tiempo de casados que llevamos, Lucrecia, mi señora, no me hastía. Nunca me ha aburrido. Cuando voy a la caza del tigre y el elefante, o a la guerra, su recuerdo acelera mi corazón igual que los primeros días y cuando acaricio a alguna esclava o mujer cualquiera para distraer la soledad de las noches en la tienda de campaña, mis manos sienten siempre una lacerante decepción: ésos son apenas traseros, nalgas, posaderas, culos. Sólo la de ella —¡ay, amada!— grupa. Por eso le soy fiel de corazón; por eso la amo. Por eso le compongo poemas que le recito al oído y a solas me echo de bruces al suelo a besarle los pies. Por eso he cubierto sus cofres de alhajas y pedrerías y encargado para ella de todos los rincones del mundo esos calzados, vestidos y adornos que nunca terminará de estrenar. Por eso la cuido y venero como la más exquisita posesión de mi reino. Sin Lucrecia, la vida para mí sería muerte.

La historia real de lo ocurrido con Giges, mi guardia y ministro, no se parece mucho a las habladurías sobre el episodio. Ninguna de las versiones que he oído roza siquiera la verdad. Siempre es así: aunque la fantasía y lo cierto tienen un mismo corazón, sus rostros son como el día y la noche, como el fuego y el agua. No hubo apuesta ni trueque de ninguna especie; todo ocurrió de improviso, por un súbito arranque mío, obra de la casualidad o intriga de algún diosecillo juguetón.

Habíamos asistido a una interminable ceremonia en el descampado vecino a Palacio, donde las tribus vasallas venidas a presentarme sus tributos ensordecieron nuestros oídos con sus cantos salvajes y nos cegaron con la polvareda que levantaban las acrobacias de sus jinetes. Vimos también a una pareja de esos hechiceros que curan los males con ceniza de cadáveres y a un santo que oraba girando sobre los talones. Este último fue impresionante: impulsado por la fuerza de su fe y por los ejercicios respiratorios que acompañaban su danza —un jadeo ronco y creciente que parecía salir de sus entrañas— se convirtió en un remolino humano, y, en un momento dado, su velocidad lo desapareció de nuestra vista. Cuando de nuevo se corporizó y se detuvo, sudaba como los caballos después de una carga y tenía la palidez alelada y los ojos aturdidos de los que han visto a un dios o a varios.

De los hechiceros y el santo estábamos hablando mi ministro y yo, mientras paladeábamos una copa de vino griego, cuando el buen Giges, con ese chispeo malicioso que la bebida deposita en su mirada, bajó de pronto la voz para susurrarme:

—La egipcia que he comprado tiene el trasero más hermoso que la Providencia concedió nunca a una mujer. La cara es imperfecta; los pechos menudos y suda en exceso; pero la abundancia y generosidad de su posterior compensa con creces todos sus defectos. Algo cuyo solo recuerdo me produce vértigo, Majestad.

—Muéstramelo y yo te mostraré otro. Compararemos y decidiremos cuál es el mejor, Giges.

Lo vi desconcertarse, parpadear y entreabrir los labios para no decir nada. ¿Creyó que me burlaba? ¿Temió haber oído mal? Mi guardia y ministro sabía muy bien de quién hablábamos. Formulé aquella propuesta sin pensar, pero, una vez hecha, un gusanito dulzón comenzó a roerme el cerebro y a causarme ansiedad.

—Te has quedado mudo, Giges. ¿Qué te ocurre?

—No sé qué decir, señor. Estoy confuso.

—Ya lo veo. En fin, responde. ¿Aceptas mi oferta?

—Su Majestad sabe que sus deseos son los míos.

Así comenzó todo. Fuimos primero a su residencia y, al fondo del jardín, donde están las termas de vapor, mientras sudábamos y su masajista nos rejuvenecía los miembros, examiné a la egipcia. Una mujer muy alta, con el rostro averiado por esas cicatrices con que las gentes de su raza consagran a las muchachas púberes a su sangriento dios. Ya había dejado atrás la juventud. Pero era interesante y atractiva, lo admito. Su piel de ébano brillaba entre las nubes de vapor como si hubiera sido barnizada y todos sus movimientos y actitudes revelaban una extraordinaria soberbia. No había en ella asomo de ese abyecto servilismo tan frecuente en los esclavos para ganar el favor de sus dueños, sino más bien una elegante frialdad. No entendía nuestro idioma pero descifraba al instante las instrucciones que mediante gestos le impartía su amo. Cuando Giges le indicó lo que queríamos ver, ella, envolviéndonos a ambos unos segundos en su mirada sedosa y despectiva, dio media vuelta, se inclinó y con ambas manos levantó su túnica, ofreciéndonos su mundo trasero. Era notable, en efecto, y milagroso para quien no fuera el marido de Lucrecia, la reina. Duro y esférico, sí, de curvas suaves y de una piel lampiña y granulada, de visos azules, por la que resbalaba la mirada como sobre el mar. La felicité y felicité también

33

a mi guardia y ministro por ser propietario de tan dulce delicia.

Para cumplir la parte que me correspondía de la oferta, debimos actuar con el mayor sigilo. Aquel episodio con Atlas, el esclavo, fue profundamente chocante para mi mujer, ya lo he dicho; se prestó a ello porque Lucrecia complace todos mis caprichos. Pero la vi avergonzarse de tal modo mientras Atlas y ella representaban infructuosamente la fantasía que tramé, que me juré a mí mismo no volver a someterla a prueba semejante. Aún ahora, corrido tanto tiempo desde aquella ocurrencia, cuando del pobre Atlas no deben quedar sino los huesos pulidos en el hediondo barranco lleno de buitres y halcones donde sus restos fueron arrojados, la reina se despierta a veces en la noche, sobresaltada de zozobra en mis brazos, pues en el sueño la sombra del etíope ha vuelto a enardecerse encima de ella.

De modo que esta vez hice las cosas sin que mi amada lo supiera. Por lo menos ésa fue mi intención, aunque, recapacitando, hurgando en los resquicios de mi memoria lo sucedido aquella noche, a veces dudo.

Hice entrar a Giges por la puertecilla del jardín y lo introduje en el aposento mientras las doncellas desnudaban a Lucrecia y la perfumaban y la untaban con las esencias que a mí me gusta oler y saborear sobre su cuerpo. Indiqué a mi ministro que se ocultase detrás del cortinaje del balcón y que procurara no moverse ni hacer el menor ruido. Desde esa esquina, tenía una visión perfecta del hermosísimo lecho de columnas labradas, con escalinatas y cortinas de raso rojo, recargado de almohadillas, sedas y preciosos bordados, donde la reina y yo libramos cada noche nuestros encuentros amorosos. Y apagué todos los mecheros de manera que la habitación quedó apenas iluminada por las lenguas crujientes del hogar.

Lucrecia entró poco después, flotando en una vaporosa túnica semitransparente, de seda blanca, con filigrana de encaje en los puños, el cuello y el ruedo. Llevaba un collar de perlas, una cofia y envolvían sus pies unas chinelas de madera y fieltro, de tacón alto.

La tuve así un buen rato, gustándola con los ojos y regalándole a mi buen ministro ese espectáculo para dioses. Y mientras la contemplaba y pensaba en que Giges lo hacía también, esa maliciosa complicidad que nos unía súbitamente me inflamó de deseo. Sin decir palabra avancé sobre ella, la hice rodar sobre el lecho y la monté. Mientras la acariciaba, la cara barbada de Giges se me aparecía y la idea de que él nos estaba viendo me enfebrecía más, espolvo-

reando mi placer con un condimento agridulce y picante hasta entonces ignorado por
mí. ¿Y ella? ¿Adivinaba algo? ¿Sabía algo?
Porque creo que nunca la sentí tan briosa
como esa vez, nunca tan ávida en la inicia-
tiva y en la réplica, tan temeraria en el
mordisco, el beso y el abrazo. Acaso presen-
tía que, aquella noche, quienes gozábamos
en esa habitación enrojecida por la candela
y el deseo no éramos dos sino tres.

Cuando, al amanecer, Lucrecia ya dor-
mida, me deslicé en puntas de pie fuera del
lecho, para guiar a mi guardia y ministro
hasta la salida del jardín, lo encontré temblando de frío y de pasmo.

—Usted tenía razón, Majestad —balbuceó, extasiado y trémulo—. Lo he visto
y es tan extraordinario que no puedo creer-
lo. Lo he visto y aún me parece que sólo lo
soñé.

—Olvídate de todo ello cuanto antes y
para siempre, Giges —le ordené—. Te he
concedido este privilegio en un arrebato extraño, sin haberlo meditado, por el aprecio
que te tengo. Pero, cuidado con tu lengua.
No me gustaría que esta historia se volviera
habladuría de taberna y chisme de merca-
do. Podría arrepentirme de haberte traído
aquí.

Me juró que nunca diría una palabra.
Pero lo ha hecho. ¿Cómo, si no, corre-

rían tantas voces sobre el suceso? Las versiones se contradicen, cada cual más disparatada y más falsa. Llegan hasta nosotros y, aunque al principio nos irritaban, ahora nos divierten. Es algo que ha pasado a formar parte de este pequeño reino meridional de aquel país que siglos más tarde llamarán Turquía. Igual que sus montañas resecas y sus súbditos rústicos, igual que sus tribus itinerantes, sus halcones y sus osos. Después de todo, no me desagrada la idea de que, una vez que haya corrido el tiempo, tragándose todo lo que ahora existe y me rodea, para las generaciones del futuro sólo perdure, sobre las aguas del naufragio de la historia de Lidia, redonda y solar, munificente como la primavera, la grupa de Lucrecia la reina, mi mujer.

3

Las orejas del miércoles

«Son como las caracolas que llevan atrapada, en su laberinto de nácar, la música del mar», fantaseó don Rigoberto. Sus orejas eran grandes y bien dibujadas; ambas, aunque principalmente la izquierda, propendían a alejarse de su cabeza por lo alto y a curvarse sobre sí mismas, resueltas a acaparar para ellas solas todos los ruidos del mundo. Aunque de niño se avergonzaba de su tamaño y de su forma gacha, había aprendido a aceptarlas. Y ahora que dedicaba una noche semanal a su solo cuidado hasta se sentía orgulloso de ellas. Porque, además, a fuerza de experimentar e insistir, consiguió que esos ingraciados apéndices participaran, con la alacridad de la boca o la eficacia del tacto, en sus noches de amor. También Lucrecia los quería y, en la intimidad, les prodigaba risueños halagos. En los acápites de los entreveros conyugales solía apodarlos: «Mis dumbitos».

41

«Flores abiertas, élitros sensibles, auditorios para la música y los diálogos», poetizó don Rigoberto. Examinaba cuidadosamente con la lupa los bordes cartilaginosos de su oreja izquierda. Sí, ya asomaban otra vez las cabecitas de los vellos extirpados el miércoles pasado. Eran tres, asimétricos, como los puntos donde se cortan los lados de un triángulo isósceles. Imaginó el oscuro plumerillo en que se convertirían si él los dejara crecer, si renunciara a exterminarlos, y lo invadió una pasajera sensación de náusea. Rápidamente, con la destreza que da la asidua práctica, atrapó esas testas pilosas entre las muelas de la pinza y las arrancó, una tras otra. El tirón con cosquillas que acompañó la extirpación le produjo un delicioso calofrío. Se le ocurrió entonces que doña Lucrecia, con sus blancos y parejos dientes, le escarmenaba, acuclillada, los crespos vellitos del pubis. La ocurrencia le deparó media erección. La sofrenó en el acto, imaginando a una mujer peluda, con las orejas rebalsando de matas lacias y un bozo pronunciado en cuyas sombras temblarían gotas de sudor. Entonces recordó que un colega del ramo de los seguros había contado, aquella vez, al volver de unas vacaciones en el Caribe, que la reina indiscutible de un prostíbulo de Santo Domingo era una recia mulata que lucía, entre los senos,

42

un inesperado penacho. Trató de imaginar a Lucrecia con un atributo semejante —¡una sedosa crin!— entre sus ebúrneos pechos y sintió horror. «Estoy lleno de prejuicios en materia amorosa», se confesó. Pero, por el momento no tenía intención de renunciar a ninguno de ellos. Los pelos estaban bien, eran un poderoso aderezo sexual, a condición de hallarse en el sitio debido. En la cabeza y en el monte de Venus, bienvenidos e imprescindibles; en las axilas, tolerables alguna vez, por aquello de probarlo y averiguarlo todo (era una obsesión europea, parecía) pero en brazos y piernas decididamente no; ¡y entre los pechos, jamás!

Procedió al escrutinio de su oreja izquierda, ayudándose con los espejos convexos que usaba para afeitarse. No, en ninguno de los ángulos, protuberancias y curvas del pabellón habían brotado nuevos pelillos, fuera de esos tres mosqueteros cuya presencia detectó un buen día, sorprendido, hacía ya de esto algunos años.

«Esta noche no haré sino oiré el amor», decidió. Era posible, él lo había conseguido otras veces y a Lucrecia también la divertía, al menos como prolegómeno. «Déjame oír tus pechos», musitaría, y, acomodando amorosamente, uno primero, otro después, los pezones de su esposa en la hipersensible gruta de sus oídos —calzaban el uno en la otra como un pie en un mocasín—, los escucharía con los ojos cerrados, reverente y extático, reconcentrado como en la elevación de la hostia, hasta oír que a la aspereza terrosa de cada botón ascendían, de subterráneas profundidades carnales, ciertas cadencias sofocadas, tal vez el resuello de sus poros abriéndose, tal vez el hervor de su sangre convulsionada por la excitación.

Estaba depilando las excrecencias capilares de su oreja derecha. Identificó de pronto a un forastero: el solitario pelillo se balanceaba, ignominioso, en el centro de la torneada perilla del lóbulo. Lo extirpó de un ligero tirón y, antes de echarlo al lavador para que el agua del caño lo hiciera correr por el desagüe, lo examinó con desagrado. ¿Seguirían apareciendo nuevos vellos, en los años venideros, en sus grandes orejas? En todo caso él no abdicaría nunca; hasta en su lecho de muerte, si le restaban fuerzas, seguiría destruyéndolos (¿podándolos, más bien?). Sin embargo, luego, cuando su cuerpo yaciera sin vida, los intrusos podrían brotar a sus anchas, crecer, afear su cadáver. Acontecería lo mismo con sus uñas. Don Rigoberto se dijo que esta deprimente perspectiva era un irrebatible argumento en favor de la incineración. Sí, el fuego impediría la imperfección póstuma. Las llamas lo desaparecerían aún perfecto, frustrando a los gusanos. Ese pensamiento lo alivió.

Mientras enrollaba unas bolitas de algodón en la punta de la horquilla y las humedecía en agua y jabón para limpiarse la cera acumulada en el interior del oído, anticipó lo que esos limpios embudos escucharían dentro de poco, descendiendo de los pechos al ombligo de su esposa. Allí no tendrían que esforzarse para sorprender la secreta música de Lucrecia, pues una verdadera sinfonía de sonidos líquidos y sólidos, prolongados y breves, difusos y nítidos, acudiría a revelarle su vida soterrada. Anticipó con gratitud cuánto lo emocionaría percibir, a través de esos órganos que ahora escarbaba con afecto prolijo, desembarazándolos de la película grasosa que se formaba en ellos cada cierto tiempo, algo de la existencia secreta de su cuerpo: glándulas, músculos, vasos sanguíneos, folículos, membranas, tejidos, filamentos, tubos, trompas, toda esa rica y sutil orografía biológica que yacía bajo la tersa epidermis del vientre de Lucrecia. «Amo todo lo que existe dentro o fuera de ella», pensó. «Porque todo en ella es o puede ser erógeno.»

No exageraba, llevado por la ternura que hacía brotar siempre en él la irrupción de ella en sus fantasías. No, en absoluto. Pues gracias a su perseverante obstinación, había

45

conseguido enamorarse del todo y de cada una de las partes de su mujer, amar por separado y en conjunto todos los componentes de ese universo celular. Se sabía capaz de responder eróticamente, con una pronta y robusta erección, al estímulo de cualquiera de sus infinitos ingredientes, incluido el más ínfimo, incluido —para el homínido común— el más inconcebible y repelente. «Aquí yace don Rigoberto, que llegó a amar el epigastro tanto como la vulva o la lengua de su esposa», filosofó que sería un justo epitafio para el mármol de su tumba. ¿Mentiría aquella divisa funeraria? En lo más mínimo. Pensó en cómo se iría encandilando, dentro de breve, con los apagados desplazamientos acuosos que sorprenderían sus orejas, cuando se aplastaran avariciosas sobre su blando estómago, y, ahora, ya estaba oyendo los graciosos borborigmos de aquel flato, el alegre pedillo restallante, la gárgara y bostezo vaginal o el lánguido desperezarse de su intestina sierpe. Y ya se oía susurrando, ciego de amor y de lujuria, las frases con que solía homenajear a su esposa mientras la acariciaba. «También esos ruiditos eres tú, Lucrecia; ellos son tu concierto, tu persona sonora.» Estaba seguro de que podría reconocerlos de inmediato, distinguirlos de los sonidos producidos por los vientres de cualquier otra mujer.

Era una hipótesis que no tendría ocasión de verificar, pues nunca intentaría la experiencia de oír el amor con alguna otra. ¿Para qué lo haría? ¿No era Lucrecia un océano sin fondo que él, buzo amante, jamás terminaba de explorar? «Te amo», murmuró, sintiendo nuevamente el amanecer de una erección. La conjuró de un capirotazo que, además de doblarlo en dos, le provocó un ataque de risa. «¡Quien se ríe a solas, de sus maldades se acuerda!», oyó que lo sermoneaba, desde el dormitorio, su mujer. Ah, si Lucrecia supiera de qué se reía.

Oír la voz de ella, confirmar su vecindad y su existencia, lo colmó de dicha. «La felicidad existe», se repitió, como todas las noches. Sí, pero a condición de buscarla donde ella era posible. En el cuerpo propio y en el de la amada, por ejemplo; a solas y en el baño; por horas o minutos y sobre una cama compartida con el ser tan deseado. Porque la felicidad era temporal, individual, excepcionalmente dual, rarísima vez tripartita y nunca colectiva, municipal. Ella estaba escondida, perla en su concha marina, en ciertos ritos o quehaceres ceremoniosos que ofrecían al humano ráfagas y espejismos de perfección. Había que contentarse con esas migajas para no vivir ansioso y desesperado, manoteando lo imposible. «La felicidad se esconde en el hueco de mis orejas», pensó, de buen talante.

Había terminado de limpiarse los conductos de ambos oídos y allí tenía, bajo sus ojos, las bolitas de algodón húmedo, impregnadas con el humor amarillo grasoso que acababa de quitarles. Faltaba todavía que se los secara, a fin de que aquellas gotas de agua no fueran a cristalizar en ellas alguna mugre antes de evaporarse. Una vez más enrolló dos bolitas de algodón a la horquilla y se restregó los conductos tan suavemente que parecía estar haciéndoles un masaje o acariciándolos. Echó luego las bolitas al excusado y tiró de la cadena. Limpió la horquilla y la guardó en la cajita de áloe de su mujer.

Se miró los oídos en el espejo para una última inspección. Se sintió satisfecho y animoso. Ahí estaban esos conos cartilaginosos, limpios por fuera y por dentro, prestos para inclinarse a escuchar con respeto e incontinencia el cuerpo de la amada.

4

Ojos como luciérnagas

«Cumplir cuarenta años no es, pues, tan terrible», pensó doña Lucrecia, desperezándose en el cuarto a oscuras. Se sentía joven, bella y feliz. ¿La felicidad existía, entonces? Rigoberto decía que sí, «por momentos y para nosotros dos». ¿No era una palabra hueca, un estado que sólo alcanzaban los tontos? Su marido la quería, se lo demostraba a diario en mil detalles delicados y casi todas las noches solicitaba sus favores con ardor juvenil. También él parecía rejuvenecido desde que, cuatro meses atrás, decidieron casarse. Los temores que tanto tiempo la inhibieron de hacerlo —su primer matrimonio había sido desastroso y el divorcio una pesadillesca agonía de tinterillos ávidos— se habían esfumado. Desde el primer momento tomó posesión de su nuevo hogar con mano segura. Lo primero que hizo fue cambiar la decoración de todas las habitaciones para que nada recordara a la difunta esposa de Rigoberto, y ahora gobernaba esta casa con soltura, como si hubiera sido aquí el ama desde siempre. Sólo la cocinera anterior le mostró cierta hostilidad y debió reemplazarla. Los demás criados se llevaban muy bien con ella. Justiniana sobre todo, quien, promovida por doña Lucrecia a la categoría de doncella, resultó un hallazgo: eficiente, despierta, limpísima y de una devoción a toda prueba.

Pero el éxito mayor era su relación con el niño. Había sido su mayor desvelo, antes, algo que creyó un obstáculo insalvable. «Un entenado, Lucrecia», pensaba, cuando Rigoberto insistía en que debían acabar con sus amores semiclandestinos y casarse de una vez. «No funcionará nunca. Ese niño te odiará siempre, te hará la vida imposible y tarde o temprano terminarás también odiándolo. ¿Cuándo ha sido feliz una pareja donde hay hijos ajenos?»

Nada de eso había ocurrido. Alfonsito la adoraba. Sí, ése era el verbo justo. Tal vez demasiado, incluso. Bajo las tibias sábanas, doña Lucrecia se desperezó de nuevo, estirándose y encogiéndose como una remolona serpiente. ¿No se había sacado ese primer puesto para ella? Recordó su carita arrebolada, el triunfo de sus ojos color cielo cuando le alcanzó la libreta de notas:

—Aquí está tu regalo de cumpleaños, madrastra. ¿Puedo darte un beso?

—Claro que sí, Fonchito. Me puedes dar diez.

Le pedía y le daba besos todo el tiempo, con una exaltación que, a ratos, la hacía recelar. ¿De veras que el niño la quería tanto? Sí, se lo había ganado con todos esos regalos y mimos desde que puso los pies en esta casa. ¿O, como fantaseaba Rigoberto atizándose el deseo en sus afanes nocturnos, Alfonsito estaba despertando a la vida sexual y las circunstancias le habían confiado a ella el papel de inspiradora? «Qué disparate, Rigoberto. Si es todavía tan pequeñito, si acaba de hacer su primera comunión. Qué absurdos se te ocurren.»

Pero, aunque nunca admitiría en voz alta semejante cosa y menos delante de su marido, cuando se hallaba a solas, como ahora, doña Lucrecia se preguntaba si el niño no estaba efectivamente descubriendo el deseo, la poesía naciente del cuerpo, valiéndose de ella como estímulo. La actitud de Alfonsito la intrigaba, parecía a la vez tan inocente y tan equívoca. Recordó entonces —era un episodio de su adolescencia que nunca olvidó— aquel dibujo casual que aquella vez vio trazar a las gráciles patitas de una gaviota en la arena del Club Regatas; ella se acercó a mirarlo, esperando encontrarse con una forma abstracta, un laberinto de rectas y curvas, ¡y lo que vio le hizo más bien el efecto de un jiboso falo! ¿Era consciente Foncho de que, al echarle los brazos al cuello como lo hacía, al besarla de esa manera demorada, buscándole los labios, infringía los límites de lo tolerable? Imposible saberlo. El niño tenía una mirada tan franca, tan dulce, que a doña Lucrecia le parecía imposible que la cabecita rubicunda de aquel primor que posaba de pastorcillo en los Nacimientos del Colegio Santa María pudiera albergar pensamientos sucios, escabrosos.

«Pensamientos sucios», susurró, la boca contra la almohada, «escabrosos. ¡Jajajá!» Se sentía de buen humor y un calorcito delicioso corría por sus venas, como si su sangre se hubiera transubstanciado en vino tibio. No, Fonchito no podía sospechar que aquello era jugar con fuego, esas efusiones se las dictaba sin duda un oscuro instinto, un tropismo inconsciente. Pero, aun así, no dejaban de ser juegos peligrosos ¿verdad, Lucrecia? Porque cuando lo veía, pequeñín, arrodillado en el suelo, contemplándola como si su madrastra acabara de bajar del Paraíso, o cuando sus bracitos y su cuerpo frágil se soldaban a ella y sus labios casi invisibles de delgados se adherían a sus mejillas y rozaban los suyos —ella nunca había permitido que permanecieran allí más de un segundo—, doña Lucrecia no podía impedir que la sobresaltara a veces un ramalazo de excitación, una vaharada de deseo. «Tú eres la de los pensamientos sucios y escabrosos, Lucrecia», murmuró, apretándose contra el colchón, sin abrir los ojos. ¿Se volvería un día una vieja fragorosa, como algunas de sus compañeras de bridge? ¿Sería esto el demonio del mediodía? Cálmate, acuérdate que te has quedado viuda por dos días —Rigoberto, en viaje de negocios, por asuntos de seguros, no volvería hasta el domingo— y, además, basta ya de flojear en la cama. ¡A levantarse, ociosa! Haciendo un esfuerzo por sacudirse la agradable modorra, cogió el intercomunicador y ordenó a Justiniana que le subiera el desayuno.

La muchacha entró cinco minutos después, con la bandeja, la correspondencia y los periódicos. Abrió las cortinas y la luz húmeda, tristona y grisácea del setiembre limeño invadió la habitación. «Qué feo es el invierno», pensó doña Lucrecia. Y soñó con el sol del verano, las playas de arenas ardientes de Paracas y la caricia salada del mar sobre su piel. ¡Faltaba tanto todavía! Justiniana le puso la bandeja sobre las rodillas y le acomodó los almohadones para que le sirvieran de espaldar. Era una morena esbelta, de cabellos crespos, ojos vivarachos y voz musical.

—Hay algo que no sé si decírselo, señora —murmuró, con un mohín tragicómico, mientras le alcanzaba la bata y ponía las zapatillas de levantarse a los pies de la cama.

—Ahora tienes que decírmelo, porque ya me abriste el apetito —repuso doña Lucrecia, mientras mordía una tostada y tomaba un sorbo de té puro—. ¿Qué ha pasado?

—Me da vergüenza, señora.

Doña Lucrecia la observó, divertida. Era joven y, bajo el mandil azul del uniforme, las formas de su cuerpecillo se insinuaban frescas y elásticas. ¿Qué cara pondría cuando su marido le hacía el amor? Estaba casada con el portero de un restaurante, un negro alto y fornido como un atleta que venía a dejarla todas las mañanas. Doña Lucrecia le había aconsejado que no se complicara la vida con hijos siendo tan joven y la había llevado personalmente a su médico para que le recetara la píldora.

—¿Otra pelea entre la cocinera y Saturnino?

—Es algo del niño Alfonso, más bien —Justiniana bajó la voz como si el chiquillo pudiera oírla desde su lejano colegio y fingió confundirse más de lo que estaba—. Es que anoche lo pesqué... Pero, no se lo vaya usted

56

a decir, señora. Si Fonchito sabe que se lo he contado, me mata.

A doña Lucrecia la entretenían esos dengues y aspavientos con que Justiniana alhajaba siempre lo que decía.

—¿Dónde lo pescaste? ¿Haciendo qué cosa?

—Espiándola, señora.

Un instinto advirtió a doña Lucrecia lo que iba a oír y se puso en guardia. Justiniana señalaba el techo del cuarto de baño y ahora sí parecía confundida de verdad.

—Hubiera podido caerse al jardín y hasta matarse —susurró, moviendo los ojos en las órbitas—. Por eso se lo cuento, señora. Cuando lo reñí, me dijo que no era la primera vez. Se ha subido al techo muchas veces. A espiarla.

—¿Qué dices?

—Lo que has oído —contestó el niño, desafiante, casi heroico—. Y lo seguiré haciendo aunque me resbale y me mate, para que lo sepas.

—Pero, te has vuelto loco, Fonchito. Eso está muy mal, eso no se hace, pues. Qué diría don Rigoberto si supiera que espías a tu madrastra cuando se baña. Se enojaría, te daría una paliza. Y, además, puedes matarte, fíjate qué alto está.

—No me importa —respondió el niño, con una resolución relampagueante en los ojos. Pero instantáneamente se apaciguó y, encogiéndose de hombros, añadió muy humilde—. Aunque mi papá me pegue, Justita. ¿Me vas a acusar, entonces?

—No le diré nada si me prometes no subir aquí nunca más.

—Eso no te lo puedo prometer, Justita —exclamó el niño, apenado—. Yo no prometo lo que no voy a cumplir.

—¿No estás inventando todo eso con la imaginación tropical que tienes? —balbuceó doña Lucrecia. ¿Debía reírse, enojarse?

—Dudé mucho antes de animarme a contárselo, señora. Porque a Fonchito, que es tan bueno, yo lo quiero tanto. Pero es que subiéndose a ese techo se puede matar, se lo juro.

Doña Lucrecia trataba en vano de imaginárselo allá arriba, agazapado como una fierecilla, acechándola.

—Pero, pero, no me lo acabo de creer. Tan formalito, tan educado. No lo veo haciendo una cosa así.

—Es que Fonchito se ha enamorado de usted, señora —suspiró la muchacha, tapándose la boca y sonriendo—. No me diga que no se dio cuenta, porque no me lo creo.

—Qué adefesios dices, Justiniana.

—¿Acaso para el amor hay edades, señora? Algunos comienzan a enamorarse a la edad de Fonchito. Y él que es tan vivo para todo, además. Si usted hubiera oído lo que me dijo, se quedaba con la boca abierta. Como me quedé yo, pues.

—¿Qué estás inventando ahora, zonza?

—Lo que oyes, Justita. Cuando se quita la bata y se mete en la tina llena de espuma, no te puedo decir lo que siento. Es tan, tan linda... Se me salen las lágrimas, igualito que cuando comulgo. Me parece estar viendo una película, te digo. Me parece algo que no te lo puedo explicar. Será por eso que lloro ¿no?

Doña Lucrecia optó por echarse a reír. La mucama tomó confianza y sonrió también, con cara cómplice.

—Sólo te creo la décima parte de lo que me cuentas —dijo, por fin, levantándose—. Pero, aun así, algo hay que hacer con este niño. Cortar esos juegos por lo sano y cuanto antes.

—No se lo vaya a decir al señor —le rogó Justiniana, asustada—. Se enojaría mucho y tal vez le pegaría. Fonchito ni siquiera se da cuenta que hace mal. Palabra que no se da. El es como un angelito, no diferencia lo bueno de lo malo.

—No se lo puedo contar a Rigoberto, claro que no —asintió doña Lucrecia, reflexionando en voz alta—. Pero hay que poner punto final a esta tontería. No sé cómo, pero de inmediato.

Se sentía aprensiva e incómoda, irritada contra el niño, contra la mucama y contra sí misma. ¿Qué debía hacer? ¿Hablar con Fonchito y reprenderlo? ¿Amenazarlo con decírselo todo a Rigoberto? ¿Cuál sería su reacción? ¿Sentirse herido, traicionado? ¿Mudaría violentamente en odio el amor que ahora le tenía?

Jabonándose, se acarició los pechos fuertes y grandes, de pezones erectos, y la cintura todavía grácil de la que salían, como las dos mitades de una fruta, las amplias curvas de las caderas, y los muslos, las nalgas y las axilas depiladas y el cuello alto y mórbido adornado con un solitario lunar. «No envejeceré nunca», rezó, como cada mañana, al bañarse. «Aunque tenga que vender mi alma o lo que sea. No seré nunca fea ni desdichada. Moriré bella y feliz.» Don Rigoberto la había convencido de que, diciéndolas, repitiéndolas y creyéndolas, estas cosas se volvían verdad. «Magia simpatética, mi amor.» Lucrecia sonrió: su marido sería un tanto excéntrico, pero, la verdad, una no se aburría con un hombre así.

Todo el resto del día, mientras daba instrucciones al servicio, iba de compras, visitaba a una amiga, almorzaba, hacía y recibía llamadas, se preguntaba qué hacer con el niño. Si lo delataba a Rigoberto, se convertiría en su enemigo y, entonces, la vieja premonición del infierno doméstico se haría realidad. Tal vez lo más sensato era olvidar la revelación de Justiniana y, adoptando una actitud distante, ir paulatinamente socavando esas fantasías que, sin duda sólo a medias consciente de que lo eran, había forjado el niño con ella. Sí, eso era lo prudente: callar y, poco a poco, distanciarlo.

Esa tarde, cuando Alfonsito, al volver del colegio, se acercó a besarla, le apartó al instante la mejilla y se enfrascó en la revista que hojeaba, sin preguntarle por sus clases ni si tenía tareas para mañana. De soslayo, vio que su carita se compungía hasta el puchero. Pero no se conmovió y esa noche lo dejó comer solo, sin bajar a acompañarlo como otras veces (ella cenaba rara vez). Rigoberto la llamó un poco más tarde, de Trujillo. Todas sus gestiones habían ido bien y la extrañaba mucho. Esta noche la echaría de menos todavía más, en su triste cuartito del Hotel de Turistas. ¿Ninguna novedad en la casa? No, ninguna. Cuídate mucho, mi amor. Doña Lucrecia escuchó un poco de música, sola en su habitación, y cuando el niño vino a darle las buenas noches se las devolvió fríamente. Poco después, indicó a Justiniana que le preparara el baño de espuma que tomaba siempre antes de acostarse.

Mientras la muchacha hacía correr el

61

agua de la bañera y ella se desvestía, el malestar que la había perseguido todo el día compareció de nuevo, acrecentado. ¿Había hecho bien tratando a Fonchito de ese modo? A pesar de ella misma, le apenaba recordar su carita decepcionada y sorprendida. Pero ¿no era ésa la única manera de acabar con una niñería que podía tornarse peligrosa?

Estaba semiadormecida en la bañera, con el agua hasta el cuello, removiendo de tanto en tanto con una mano o con un pie las volutas de jabón, cuando Justiniana llamó a la puerta: ¿podía entrar, señora? La vio acercarse, con la toalla en una mano y su bata en la otra. Tenía una expresión muy alarmada. Inmediatamente supo lo que la muchacha le iba a susurrar: «Fonchito está ahí arriba, señora». Asintió y con gesto imperioso ordenó a Justiniana que se fuera.

Permaneció inmóvil en el agua largo rato, evitando mirar al techo. ¿Debía hacerlo? ¿Apuntarlo con el dedo? ¿Gritar, insultarlo? Anticipó el estruendo detrás de la oscura cúpula de vidrio que tenía sobre la cabeza; imaginó la figurita acuclillada, su susto, su vergüenza. Oyó su grito destemplado, lo vio echándose a correr. Resbalaría, rodaría hasta el jardín con un ruido de bólido. Hasta ella llegaría el seco golpe del cuerpecillo al estrellarse en la balaustrada, al aplastar el seto de crotos, al enredarse en las brujeriles ramas del floripondio. «Haz un esfuerzo y conténte», se dijo, apretando los dientes. «Evita un escándalo. Evita, sobre todo, algo que podría terminar en tragedia.»

La cólera la hacía temblar de pies a cabeza y sus dientes chocaban, como si tuviera mucho frío. Súbitamente se incorporó. Sin cubrirse con la toalla, sin encogerse para que aquellos ojitos invisibles tuvieran sólo una visión incompleta y fugaz de su cuerpo. No, al revés. Se incorporó empinándose, abriéndose, y, antes de salir de la bañera, se desperezó, mostrándose con largueza y obscenidad, mientras se sacaba el gorro de plástico y se sacudía los cabellos. Y, al salir de la bañera, en vez de ponerse de inmediato la bata, permaneció desnuda, el cuerpo brillando con gotitas de agua, tirante, audaz, colérico. Se secó muy despacio, miembro por miembro, pasando y repasando la toalla por su piel una y otra vez, ladeándose, inclinándose, deteniéndose a ratos como distraída por una idea repentina en una postura de indecente abandono o contemplándose minuciosamente en el espejo. Y con la misma prolijidad maniática frotó luego su cuerpo con cremas humectantes. Y, mientras se lucía de este modo ante el invisible observador, su corazón vibraba de ira. ¿Qué haces, Lucrecia? ¿Qué disfuerzos eran éstos, Lucrecia? Pero continuó exhibiéndose como no lo había hecho antes para nadie, ni para don Rigoberto, paseándose de un lado a otro del cuarto de baño, desnuda, mientras se escobillaba los cabellos, se lavaba los dientes y se echaba colonia con el vaporizador. Mientras protagonizaba ese improvisado espectáculo, tenía el pálpito de que aquello que hacía era también una sutil manera de escarmentar al precoz libertino agazapado en la noche de allá arriba, con imágenes de una intimidad que harían trizas de una vez por todas esa inocencia que le servía de coartada para sus audacias.

Cuando se metió a la cama, todavía temblaba. Estuvo mucho rato sin dormir, añorando a Rigoberto. Se sentía disgustada con lo que había hecho, detestaba al niño con todas sus fuerzas y se empeñaba en no adivinar lo que significaban aquellas embestidas de calor que, de tanto en tanto, le electrizaban los pezones. ¿Qué te ha pasado, mujer? No se reconocía. ¿Serían los cuarenta años? ¿O un efecto de esas fantasías y extravagancias nocturnas de su marido? No, la culpa era toda de Alfonsito. «Ese niño me está corrompiendo», pensó, desconcertada.

Cuando, por fin, pudo dormirse, tuvo un sueño voluptuoso que parecía animar uno de esos grabados de la secreta colección de don Rigoberto que él y ella solían contemplar y comentar juntos en las noches buscando inspiración para su amor.

5

Diana después de su baño

Esa, la de la izquierda, soy yo, Diana Lucrecia. Sí, yo, la diosa del roble y de los bosques, de la fertilidad y de los partos, la diosa de la caza. Los griegos me llaman Artemisa. Estoy emparentada con la Luna y Apolo es mi hermano. Entre mis adoradores abundan las mujeres y los plebeyos. Hay templos en mi honor desparramados por todas las selvas del Imperio. A mi derecha, inclinada, mirándome el pie, está Justiniana, mi favorita. Acabamos de bañarnos y vamos a hacer el amor.

La liebre, las perdices y faisanes los cacé este amanecer, con las flechas que, retiradas de las presas y limpiadas por Justiniana, han vuelto a su aljaba. Los sabuesos son decorativos; rara vez me sirvo de ellos cuando salgo de cacería. Nunca, en todo caso, para cobrar piezas delicadas como las de hoy porque sus fauces las majan hasta volverlas incomestibles. Esta noche nos comeremos estos animales de carne tierna y sabrosa, sazonados con especias exóticas y bebiendo el vino de Capua hasta caer rendidas. Yo sé gozar. Es una aptitud que he ido perfeccionando sin descanso, a lo largo del tiempo y de la historia, y afirmo sin arrogancia que he alcanzado en este dominio la sabiduría. Quiero decir: el arte de libar el néctar del placer de todos los frutos —aun los podridos— de la vida.

El personaje principal no está en el cuadro. Mejor dicho, no se le ve. Anda por allí detrás, oculto en la arboleda, espiándonos. Con sus bellos ojos color de amanecer meridional muy abiertos y la redonda faz acalorada por el ansia, allí estará, acuclillado y en trance, adorándome. Con sus bucles rubios enredados en la enramada y su pequeño miembro de tez pálida enhiesto como un pendón, sorbiéndonos y devorándonos con su fantasía de infante puro, allí estará. Saberlo nos regocija y añade malicia a nuestros juegos. No es dios ni animalillo, sino de especie humana. Cuida cabras y toca el pífano. Lo llaman Foncín.

Justiniana lo descubrió, en los idus de agosto, cuando yo seguía la huella de un ciervo por el bosque. El pastorcillo me iba siguiendo, embobado, tropezándose, sin apartar los ojos de mí ni un instante. Mi favorita dice que cuando me vio, empinada

—un rayo de sol encendiendo mis cabellos y enfureciendo mis pupilas, todos los músculos de mi cuerpo tirantes para disparar la flecha— el chiquillo rompió a llorar. Ella se acercó a consolarlo y entonces advirtió que el niño lloraba de felicidad.

«No sé qué me pasa», le confesó, sus mejillas arrasadas por las lágrimas, «pero cada vez que la señora aparece en el bosque las hojas de los árboles se vuelven luceros y todas las flores se ponen a cantar. Un espíritu ardiente se mete dentro de mí y caldea mi sangre. La veo y es como si, quieto en el suelo, me volviera pájaro y echara a volar.»

«La forma de tu cuerpo ha inspirado, precozmente, a sus pocos años el lenguaje del amor», filosofó Justiniana, después de referirme el episodio. «Tu belleza lo embelesa, como la cascabel al colibrí. Compadécete de él, Diana Lucrecia. ¿Por qué no jugamos con el niño pastor? Divirtiéndolo, también nos divertiremos nosotras.»

Así ha sido. Gozadora innata, igual que yo y, acaso, más que yo, Justiniana nunca se equivoca en asuntos que conciernen al placer. Es lo que más me gusta de ella, más aún que sus caderas frondosas o el sedoso vello de su pubis de cosquilleo tan grato al paladar: su fantasía rápida y su instinto certero para reconocer, entre los tumultos de este mundo, las fuentes del entretenimiento y el placer.

Desde entonces jugamos con él y, aunque ha pasado bastante tiempo, el juego es tan ameno que no nos aburre. Cada día nos distrae más que el anterior, añadiendo novedad y buen humor a la existencia.

A sus encantos físicos, de diosecillo viril, Foncín suma también el espiritual de la timidez. Los dos o tres intentos que he hecho de acercarme a él para hablarle han sido vanos. Palidece y, cervatillo arisco, echa a correr hasta desdibujarse en el ramaje como por arte de nigromancia. A Justiniana le ha murmurado que la sola idea, ya no de tocarme, sino de estar cerca de mí, de que lo mire a los ojos y le hable, lo aturde y aniquila. «Una señora así es intocable», le ha dicho. «Sé que si me acerco a ella, su belleza me quemará como a la mariposa el sol de Libia.»

Por eso jugamos nuestros juegos a escondidas. Cada vez uno distinto, simulacro que se parece a aquellos números de teatro en que los dioses y los hombres se mezclan para sufrir y entrematarse que gustan tanto a los griegos, esos sentimentales. Justiniana, fingiendo ser su cómplice y no la mía —en verdad, la astuta lo es de ambos y sobre todo de sí misma—, instala al pastorcillo en un roquedal, junto a la gruta donde pasaré la noche. Y entonces, a la luz de la fogata de lenguas rojizas, me desnuda y unta mi cuerpo con la miel de las dulces abejas de Sicilia. Es una receta lacedemonia para conservar el cuerpo terso y lustroso y que, además, excita. Mientras ella se agazapa sobre mí, frota mis miembros, los mueve y los expone a la curiosidad de mi casto admirador, yo entrecierro los ojos. A la vez que desciendo por el túnel de la sensación y vibro en pequeños espasmos deleitosos, adivino a Foncín. Más: lo veo, lo huelo, lo acariño, lo aprieto y lo desaparezco dentro de mí, sin necesidad de tocarlo. Aumenta mi éxtasis saber que mientras gozo bajo las diligentes manos de mi favorita, él goza también, a mi compás, conmigo. Su cuerpecito inocente, abrillantado de sudor mientras me mira y se solaza mirándome, pone una nota de ternura que matiza y endulza mi placer.

Así, escondido de mí por Justiniana entre las frondas del bosque, el pequeño pastor me ha visto dormir y despertarme, lanzar la jabalina y el dardo, vestirme y desvestirme. Me ha visto acuclillarme sobre dos piedras y orinar mi orina rubia en un arroyuelo transparente en el que, aguas abajo, él se precipitará luego a beber. Me ha visto decapitar gansos y desventrar palomas para ofrecer su sangre a los dioses y averiguar en sus vísceras las incógnitas del porvenir. Me ha visto acariciarme y saciarme yo misma y acariciar y saciar a mi favorita, y nos ha visto a Justiniana y a mí, sumergidas en la corriente, bebiendo el agua cristalina de la cascada cada una en la boca de la otra, saboreando nuestras salivas, nuestros jugos y nuestro sudor. No hay ejercicio o función, desenfreno y ritual del cuerpo o del alma que no hayamos representado para él, privilegiado propietario de nuestra intimidad desde sus escondrijos itinerantes. El es nuestro bufón; pero también es nuestro dueño. Nos sirve y lo servimos. Sin habernos tocado ni cruzado palabra, nos hemos hecho gozar innumerables veces y no es injusto decir que, pese al insalvable abismo que nuestras distintas naturalezas y edades abren entre él y yo, estamos más unidos que la más apasionada pareja de amantes.

Ahora, en este mismo instante, Justiniana y yo vamos a actuar para él y Foncín, simplemente permaneciendo allí, detrás, entre el muro de piedra y la arboleda, actuará también para nosotras.

En breve, esta eterna inmovilidad se animará y será tiempo, historia. Ladrarán los sabuesos, trinará el bosque, el agua del río discurrirá cantando entre la grava y los juncos y las coposas nubes viajarán hacia el Oriente, impulsadas por el mismo vientecillo juguetón que removerá los rizos alegres de mi favorita. Ella se moverá, se inclinará y su boquita de labios bermejos besará mi pie y chupará cada uno de mis dedos como se chupa la lima y el limón en las calenturientas tardes del estío. Pronto estaremos entreveradas, retozando en la seda sibilante de la manta azul, absortas en la embriaguez de la que brota la vida. A nuestro alrededor, los sabuesos merodearán echándonos el vaho de sus fauces ansiosas y acaso nos lamerán, excitados. El bosque nos oirá suspirar, desmayándonos, y, de repente, gritar heridas de muerte. Un instante después nos escuchará reír y chacotear. Y nos verá irnos adormeciendo en un sueño apacible todavía sin desenredarnos.

Es muy posible entonces que, al vernos prisioneras del dios Hipnos, tomando infinitas precauciones para no recordarnos con el tenue rumor de sus pisadas, el testigo de nuestros disfuerzos abandone su refugio y venga a contemplarnos desde la orilla de la manta azul.

Allí estará él y ahí nosotras, inmóviles otra vez, en otro instante eterno. Foncín, lívida la frente y las mejillas sonrosadas, sus ojos abiertos con asombro y gratitud, un hilillo de saliva colgando de su boca tierna. Nosotras, mezcladas y perfectas, respirando a la par, con la expresión colmada de las que saben ser felices. Allí estaremos los tres, quietos, pacientes, esperando al artista del futuro que, azuzado por el deseo, nos aprisione en sueños y, llevándonos a la tela con su pincel, crea que nos inventa.

6

Las abluciones de don Rigoberto

Don Rigoberto entró al cuarto de baño, corrió el pestillo y suspiró. Instantáneamente se apoderó de él una sensación placentera y gratificante, de alivio y expectación: en esta solitaria media hora sería feliz. Lo era cada noche, algunas veces más, otras menos, pero el puntilloso ritual que había ido perfeccionando a lo largo de años, como un artista que pule y remacha su obra maestra, nunca dejaba de operar el milagroso efecto: descansarlo, reconciliarlo con sus semejantes, rejuvenecerlo, animarlo. Cada vez salía del cuarto de baño con la sensación de que, a pesar de todo, la vida valía la pena de vivirse. Por eso, no había dejado de celebrarlo jamás, desde que —¿hacía cuánto de esto?— tuvo la ocurrencia de ir transformando lo que para el común de los mortales era una rutina que ejecutaban con inconsciencia de máquinas —cepillarse los dientes, enjuagarse, etcétera— en un quehacer refi-

79

nado que, aunque fuera por un tiempo fugaz, hacía de él un ser perfecto.

De joven había sido militante entusiasta de Acción Católica y soñado con cambiar el mundo. Pronto comprendió que, como todos los ideales colectivos, aquél era un sueño imposible, condenado al fracaso. Su espíritu práctico lo indujo a no malgastar el tiempo librando batallas que tarde o temprano iba a perder. Entonces, conjeturó que el ideal de perfección acaso era posible para el individuo aislado, constreñido a una esfera limitada en el espacio (el aseo o santidad corporal, por ejemplo, o la práctica erótica) y en el tiempo (las abluciones y esparcimientos nocturnos de antes de dormir).

Se quitó la bata, la colgó detrás de la puerta y, desnudo, sólo con las zapatillas puestas, fue a sentarse en el excusado, al que separaba del resto del baño un biombo laqueado con unas figurillas danzantes de color celeste. Su estómago era un reloj suizo: disciplinado y puntual se vaciaba siempre a estas horas, totalmente y sin esfuerzo, como dichoso de desembarazarse de las pólizas y rémoras del día. Desde que, en la más secreta decisión de su vida —tanto que probablemente ni Lucrecia llegaría a conocerla a cabalidad— decidió, por un breve fragmento de cada jornada, ser perfecto, y elaboró esta ceremonia, no había vuelto a experimentar los asfixiantes estreñimientos ni las desmoralizadoras diarreas.

Don Rigoberto entrecerró los ojos y pujó, débilmente. No hacía falta más: sintió al instante el cosquilleo bienhechor en el recto y la sensación de que, allí adentro, en las oquedades del bajo vientre, algo sumiso se disponía a partir y enrumbaba ya por aquella puerta de salida que, para facilitarle el paso, se ensanchaba. Por su parte, el ano había empezado a dilatarse, con antelación, preparándose a rematar la expulsión del expulsado, para luego cerrarse y enfurruñarse, con sus mil arruguitas, como burlándose: «Te fuiste, cachafaz, y nunca más volverás».

Don Rigoberto sonrió, contento. «Cagar, defecar, excretar, ¿sinónimos de gozar?», pensó. Sí, por qué no. A condición de hacerlo despacio y concentrado, degustando la tarea, sin el menor apresuramiento, demorándose, imprimiendo a los músculos del intestino un estremecimiento suave y sostenido. No había que ir empujando sino guiando, acompañando, escoltando graciosamente el desliz de los óbolos hacia la puerta de salida. Don Rigoberto volvió a suspirar, los cinco sentidos absortos en lo que ocurría dentro de su cuerpo. Casi podía ver el espectáculo: aquellas expansiones y retracciones, esos jugos y masas en acción, todos ellos en la tibia tiniebla corporal y en un silencio que de cuando en cuando interrumpían asordinadas gárgaras o el alegre vientecillo de un cuesco. Oyó, por fin, el discreto chapaleo con que el primer óbolo desinvitado de sus entrañas se sumergía —¿flotaba, se hundía?— en el agua del fondo de la taza. Caerían tres o cuatro más. Ocho era su marca olímpica, resultado de algún almuerzo exagerado, con homicidas mezclas de grasas, harinas, almidones y féculas rociadas de vinos y alcoholes. Habitualmente desalojaba cinco óbolos; partido el quinto, luego de unos segundos de espera para dar a músculos, intestinos, ano, recto, el tiempo debido a fin de que recobraran sus posiciones ortodoxas, lo invadía ese íntimo regocijo del deber cumplido y la meta alcanzada, la misma sensación de limpieza espiritual que lo poseía de niño, en el colegio de La Recoleta, después de confesar sus pecados y cumplir la penitencia que le imponía el padre confesor.

«Pero limpiar el vientre es mucho menos incierto que limpiar el alma», pensó. Su estómago estaba limpio ahora, no cabía duda. Entreabrió las piernas, agachó la cabeza y espió: esos volúmenes cilíndricos y parduzcos, semiahogados en la taza de loza verde, lo probaban. ¿Qué confesado podía, como él ahora, ver y (si lo deseaba) pal-

82

par las inmundicias pestilentes que el arrepentimiento, la confesión, la penitencia y la misericordia de Dios retiraban del alma? Cuando era creyente practicante —ahora sólo era lo primero— nunca lo abandonó la sospecha de que, pese a la confesión, no importa cuán prolija fuera, algo de suciedad quedaba colado a las paredes del alma, algunas manchitas rebeldes y tenaces que la penitencia no conseguía deshacer.

Era, por lo demás, una sensación que tenía a veces, aunque más menguada y sin angustia, desde que leyó en una revista cómo purificaban sus intestinos los jóvenes novicios de un monasterio budista en la India. La operación constaba de tres ejercicios gimnásticos, una cuerda y un bacín para las deposiciones. Tenía la simplicidad y claridad de los objetos y los actos perfectos, como el círculo y el coito. El autor del texto, un profesor belga de yoga, había practicado con ellos durante cuarenta días para dominar la técnica. La descripción de los tres ejercicios mediante los cuales los novicios precipitaban la evacuación no era, sin embargo, lo bastante clara como para figurársela de manera integral e imitarla. El profesor de yoga aseguraba que mediante aquellas tres flexiones, torsiones y giros el estómago desleía todas las impurezas y sobrantes de la dieta (vegetariana) a que estaban sometidos los novicios. Cumplida esa primera etapa de purificación de los vientres, los jóvenes —con cierta melancolía, don Rigoberto imaginó sus cráneos rapados y sus austeros cuerpecillos cubiertos por una túnica color azafrán o acaso nieve— procedían a asumir la postura adecuada: blandos, ladeados, las piernas ligeramente separadas y la planta de los pies bien asentada en el suelo para no moverse un solo milímetro mientras su cuerpo —ofidio que deglute lentamente el interminable gusanillo— absorbía, por contracciones peristálticas, aquella cuerda que, plegándose y desplegándose y avanzando calmosa e inexorablemente por el húmedo laberinto intestinal, empujaría de manera irresistible todas aquellas sobras, remanentes, adherencias, minucias y excrecencias que los óbolos emigrantes dejaban atrás.

«Se purifican como quien baquetea un fusil», pensó, una vez más lleno de envidia. Imaginó la cabecita sucia del cordel retornando al mundo por el quevedesco ojillo del trasero, después de haber recorrido y limpiado todas esas interioridades tortuosas y oscuras, y lo vio salir y caer en el bacín como una serpentina ajada. Allí quedaría, inservible, con las últimas impurezas que desalojó su presencia, pronto para la pira. ¡Qué bien debían sentirse aquellos jóvenes! ¡Qué ligeros! ¡Qué impolutos! Nunca podría imitarlos, en aquella experiencia por lo menos. Pero don Rigoberto estaba seguro de que, si ellos lo rezagaban en la técnica de esterilizar los intestinos, en todo lo demás su ritual del aseo era infinitamente más escrupuloso y técnico que el de aquellos exóticos.

Dio un pujo final, discreto e insonoro, por si tal vez. ¿Sería cierta aquella anécdota según la cual el erudito bibliógrafo don Marcelino Menéndez y Pelayo, que padecía de constipación crónica, pasó buena parte de su vida, en su casa de Santander, sentado en el excusado, pujando? A don Rigoberto le habían asegurado que en la casa-museo del célebre historiador, poeta y crítico, el turista podía contemplar el escritorio portátil que aquél se mandó construir para no interrumpir sus investigaciones y caligrafías mientras luchaba contra el avaro vientre empeñado en no desprenderse de la mugre fecal depositada allí por los copiosos y recios yantares españoles. A don Rigoberto lo emocionaba imaginarse al robusto intelectual, de frente tan despejada y creencias religiosas tan firmes, encogido en su inodoro particular, arropado tal vez con una gruesa manta a cuadros sobre las rodillas para resistir el helado fresco de la montaña, pujando y pujando a lo largo de las horas, a la vez que, impertérrito, proseguía escarbando los viejos infolios y los polvorientos incunables de la historia de España en pos de heterodoxias, impiedades, cismas, blasfemias y extravagancias doctrinales que catalogar.

Se limpió con cuatro cuadradillos doblados de papel higiénico e hizo correr el agua. Fue a sentarse al bidé, lo llenó con agua tibia y muy minuciosamente se jabonó el ano, el falo, los testículos, el pubis, la entrepierna y las nalgas. Luego se enjuagó y se secó con una toalla limpia.

Hoy era martes, día de pies. Tenía la semana distribuida en órganos y miembros: lunes, manos; miércoles, orejas; jueves, nariz; viernes, cabellos; sábado ojos y, domingo, piel. Era el elemento variable del nocturno ritual, lo que le confería un aire cambiante y reformista. Concentrarse cada noche en una región de su cuerpo le permitía cumplir más obsequiosamente con su aseo y preservación; y, asimismo, conocerla y quererla más. Dueño cada órgano y sector por un día de sus afanes, quedaba garantizada la perfecta equidad en el cuidado del conjunto: no había favoritismos, postergaciones, nada de odiosas jerarquías en el trato y consideración de la parte y del todo. Pensó: «Mi cuerpo es aquel imposible: la sociedad igualitaria».

Llenó el lavador de agua tibia y, sentado en la tapa del excusado, remojó sus pies un buen rato para que sus talones, plantas, dedos, tobillos y empeines se deshincharan y ablandaran. No tenía juanetes ni pies planos, aunque, sí, el empeine excesivamente levantado. Bah, era una deformación menor, imperceptible para quien no los sometiera a un examen clínico. En cuanto a tamaño, proporción, forma de dedos y uñas, nomenclatura y orografía de los huesos, todo parecía pasablemente normal. El peligro eran las durezas y los callos que, de vez en cuando, intentaban afearlos. Pero él sabía cortar el mal de raíz, siempre a tiempo.

Tenía la piedra pómez preparada. Comenzó por el izquierdo. Allí, en el borde del talón, donde el roce con el zapato era mayor ya había comenzado a insinuarse una forma adventicia, callosa, que a la yema de los dedos hacía el efecto de una pared sin enlucir. Pasando y repasando sobre ella la piedra pómez la fue reduciendo hasta desaparecerla. Con alegría, sintió de nuevo que aquel borde había recobrado el pulimento y la tersura del contorno. Aunque sus dedos no detectaron otra dureza ni callo en ciernes, previsoramente cepilló con la piedra pómez las dos plantas y los empeines y hasta los diez dedos de los pies.

Después, con la tijera y la lima ya preparadas, se dispuso a cortarse las uñas y a limarlas, placer gratísimo. Allí, el peligro que se trataba de conjurar era el uñero. El tenía un método infalible, resultado de su paciente observación y de su imaginación práctica: cortar la uña en forma de medialuna, dejando a los extremos dos cuernecillos intactos que, gracias a su forma, sobresaldrían de la carne sin incrustarse nunca en ella. Estas uñas sarracenas, por lo demás, podían, gracias a su conformación selenita en cuarto menguante, limpiarse mejor: la punta de la lima penetraba fácilmente en esa suerte de trinchera o alvéolo entre la uña y la carne donde podía acumularse el polvo, apelmazarse el sudor, refugiarse alguna escoria. Cuando terminó de recortar, limpiarse y limarse las uñas, escarbó las cutículas con prolijidad hasta dejarlas indemnes de esas presencias misteriosas, blanquecinas, cristalizadas en aquellos repliegues pedestres a causa de los roces, la falta de ventilación y el sudor.

Terminada su tarea, contempló y palpó sus pies con afectuosa satisfacción. Arrojó al excusado las cutículas y suciedades que había recogido en un pedazo de papel higiénico y tiró de la cadena. Después, se jabonó y enjuagó los pies con mucho esmero. Y luego de secárselos, los espolvoreó con un talco semiinvisible que despedía un olor leve y viril, a heliotropo de amanecer.

Le restaba aún completar las tareas invariables del rito: boca y axilas. Aunque se concentraba en ellas con sus cinco sentidos, tomándose todo el tiempo debido para asegurar el éxito de la operación, dominaba de tal modo el ritual que su atención podía escindirse y parcialmente consagrarse, también, a un principio de estética, uno distinto cada día de la semana, uno extraído de aquel manual, tabla o mandamientos elaborados por él mismo, también secretamente, en estos enclaves nocturnos que, bajo la coartada del aseo, constituían su religión particular y su personal manera de materializar la utopía.

Mientras disponía sobre la plancha de mármol ocre, veteado de blanco, los ingredientes del ofertorio bucal —vaso lleno de agua, hilo dental, pasta dentífrica, escobilla— eligió uno de los postulados de los que estaba más seguro, un principio sobre el que, una vez formulado, no había dudado jamás: «Todo lo que brilla es feo y, principalmente, los hombres brillantes». Se llenó la boca con un trago de agua y se la enjuagó vigorosamente, viendo en el espejo cómo se hinchaban sus carrillos, mientras él seguía enjuagándose para desprender los residuos más sueltos, aposentados en las encías o colgando superficialmente entre los dientes. «Hay ciudades brillantes, cuadros y poemas brillantes, fiestas, paisajes, negocios y disertaciones brillantes», pensó. Debían ser evitados como la moneda feble aunque esté impresa con muchos colorines o esas bebidas tropicales para turistas, adornadas con frutas y banderines y azucaradas al jarabe.

Ya tenía, sujeto entre el pulgar y el índice de cada mano, un pedazo de veinte centímetros de hilo dental. Comenzó como siempre por las piezas superiores, de derecha a izquierda y luego de izquierda a derecha, teniendo a los incisivos como punto de arranque. Introducía el hilo en el angosto intersticio y levantaba con él los bordes de la encía, que era donde se incrustaban siempre las odiosas miguitas de pan, las hebrillas de carne, los filamentos vegetales, las fibras y hollejos de la fruta. Con exaltación infantil veía asomar a esas presencias espurias, erradicadas por el hilo y sus diestras acrobacias. Los escupía al lavador y los veía escurrirse y desaparecer en el desagüe, arrastrados en el remolino formado por la pequeña tromba de agua vertida por el caño. Mientras, pensaba: «Hay cabelleras brillantes que coronan cerebros opacos o los vuelven así. La palabra más fea del castellano es brillantina». Al terminar de escarbar la hilera supe-

90

rior se enjuagó de nuevo la boca y limpió el hilo en el chorro del caño. Luego, con el mismo brío e idéntico profesionalismo emprendió la limpieza de los dientes y muelas del piso inferior. «Hay conversaciones brillantes, músicas brillantes, enfermedades brillantes como la alergia al polen, la gota, las depresiones y el *stress*. Hay, por supuesto, brillantes brillantes.» Se enjuagó una vez más y arrojó el pedazo de hilo dental al cesto de la basura.

Ahora sí podía cepillarse los dientes con pasta dentífrica. Lo hizo, moviendo la escobilla de arriba abajo, despacio y presionando a fin de que las cerdas —naturales, nunca de plástico— penetraran en la intimidad de aquellas ranuras óseas en busca de los residuos de comida que habían sobrevivido a la labor de zapa del hilo dental. Cepilló primero la cara posterior y después la anterior. Cuando se enjuagó por última vez, sintió en su boca esa agradable sensación a menta y limón, tan refrescante y juvenil, como si de pronto en aquella cavidad enmarcada por las encías y el paladar alguien hubiera accionado un ventilador, encendido el aire acondicionado y sus dientes y muelas hubieran dejado de ser esos huesos duros e insensibles y se hubieran impregnado de una sensibilidad de labios. «Mis dientes brillan», pensó, con cierta angustia. «Bueno,

91

puede ser tal vez la excepción que confirma la regla.» «Hay», pensó, «plantas brillantes como la rosa. Y animales brillantes como el gato de Angora.»

Súbitamente imaginó a doña Lucrecia desnuda, jugueteando con una docena de gatitos de Angora que se frotaban contra todos los recodos de su hermoso cuerpo, maullando, y, temeroso de experimentar una prematura erección, se apresuró a lavarse las axilas. Lo hacía varias veces al día: en la mañana, al ducharse, y, en el cuarto de baño de la compañía de seguros, al mediodía, antes de salir a almorzar. Pero era sólo ahora, en el rito de las noches, cuando lo hacía a conciencia y disfrutando, ni más ni menos que si se tratase de un placer prohibido. Se enjuagó primero los dos sobacos con agua tibia y también los brazos, friccionándolos con fuerza para activar la circulación. Luego, llenó el lavador de agua caliente en la que deslió un poco de jabón perfumado hasta ver la líquida superficie alborotarse de espuma. Hundió cada uno de los brazos en la acariciadora temperatura y se restregó los sobacos con paciencia y cariño, desenredando y enredando sus guedejas pardas en el agua jabonosa. Mientras, su mente proseguía: «Hay perfumes brillantes como el de la rosa y el alcanfor». Finalmente se secó y engalanó sus axilas con una colonia de aliento muy ligero, que sugería el olor de la piel mojada por el mar o el de una brisa marina que hubiera pasado, contaminándose, por invernaderos de flores.

«Soy perfecto», pensó, mirándose en el espejo, oliéndose. No había en su pensamiento ni pizca de vanidad. Este cuidado tan laborioso de su cuerpo no tenía por objeto volverlo más apuesto o menos feo, coqueterías que de algún modo rendían culto —las más de las veces inconscientemente— al desdeñado ideal gregario —¿no se era siempre «hermoso» para los demás?—, sino hacerle sentir que, de este modo, atajaba en algo la cruenta zapa del tiempo, que así contenía o demoraba el fatídico deterioro impuesto por la ruin Naturaleza a lo existente. La sensación de librar este combate hacía bien a su alma. Pero, además, desde que se había casado, y sin que Lucrecia lo supiera, también combatía contra la decadencia de su cuerpo en nombre de su esposa. «Como el Amadís por Oriana», pensó. Pensó: «Por ti y para ti, mi amor».

La perspectiva de, una vez que apagase la luz y saliera del cuarto de baño, encontrar en el lecho a su mujer, esperándolo en una semimodorra sensual, todas sus turgencias alertas y prontas a ser despertadas por sus caricias, lo escarapeló de la cabeza a los pies. «Has cumplido cuarenta y nunca has sido más bella», murmuró, avanzando hacia la puerta. «Te amo, Lucrecia.»

Un segundo antes de que el cuarto de baño quedara a oscuras, advirtió en uno de los espejos del tocador que sus emociones y devaneos habían trocado ya su humanidad en una silueta beligerante, en un perfil que tenía algo del animal maravilloso de las mitologías medievales: el unicornio.

7
Venus con amor y música

Ella es Venus, la italiana, la hija de Júpiter, la hermana de Afrodita la griega. El tañedor del órgano le da lecciones de música. Yo me llamo Amor. Pequeñín, blando, rosáceo y alado, tengo mil años de edad y soy casto como una libélula. El ciervo, el pavo real y el venado que se divisan por la ventana están tan vivos como la pareja de amantes enlazados que pasean a la sombra de los árboles de la alameda. En cambio, el sátiro de la fuente en cuya testa surte agua cristalina de una jofaina de alabastro, no lo está: es un pedazo de mármol toscano que un hábil artista venido del sur de Francia modeló.

También nosotros tres estamos vivos y despiertos como el arroyo que baja de la montaña cantando entre las piedras o como la algarabía de los loros que vendió a don Rigoberto, nuestro señor, un mercader del Africa. (Los cautivos animales se aburren ahora en una jaula del jardín.) Ha comenzado el crepúsculo y pronto caerá la noche. Cuando ella llegue con sus andrajos plomizos, el órgano callará y yo y el profesor de música deberemos partir para que el dueño de todo lo que aquí se ve, entre a esta habitación a tomar posesión de su señora. Venus, para entonces, gracias a nuestra voluntad y buen oficio, estará pronta para recibirlo y entretenerlo como su fortuna y rango merecen. Es decir, con fuego de volcán, sensualidad de ofidio y engreimientos de gata de Angora.

El joven profesor y yo no estamos aquí disfrutando sino trabajando, aunque, es verdad, todo trabajo hecho con eficacia y convicción muda en placer. Nuestra tarea consiste en despertar la alegría corporal de la señora, avivando las cenizas de cada uno de sus cinco sentidos hasta volverlas llamarada y en poblar su rubia cabeza de sucias fantasías. Así le gusta a don Rigoberto que se la entreguemos: ardiente y ávida, todas sus prevenciones morales y religiosas suspendidas y su mente y su cuerpo sobrecargados de apetitos. Es una tarea grata pero no fácil; requiere paciencia, astucia y destreza en el arte de sintonizar la furia del instinto con la sutileza del espíritu y las ternuras del corazón.

La música reiterativa y eclesial del órgano crea la atmósfera propicia. Generalmente se piensa que el órgano, tan asociado a la misa y al cántico religioso, desensualiza y hasta desencarna al humilde mortal a quien sus ondas bañan. Craso error; en verdad, la música del órgano, con su languidez obsesionante y sus suaves maullidos no hace más que desconectar al cristiano del siglo y de la contingencia, aislando su espíritu de modo que pueda volcarse en algo exclusivo y distinto: Dios y la salvación, sí, en innumerables casos; pero, también, en muchos otros, el pecado, la perdición, la lujuria y demás truculentos sinónimos municipales de lo que expresa esta limpia palabra: el placer.

A la señora el tañido del órgano la aquieta y la recoge; una blanda inmovilidad parecida al éxtasis la embarga y ella entonces entrecierra los ojos para reconcentrarse más en la melodía que, a medida que la invade, aleja de su espíritu las preocupaciones y rencillas de la jornada y lo vacía de todo lo que no sea audición, sensación pura. Así es el comienzo. El profesor toca con agilidad y soltura, sin apresurarse, en un suave crescendo enervante, eligiendo ambiguas músicas que sigilosamente nos transportan a los austeros retiros disciplinados por san Bernardo, a las procesiones callejeras que se transforman de pronto en pa-

99

gano carnaval, y, de allí, sin transición, al coro gregoriano de una abadía o a la misa cantada de una catedral con profusión de purpurados, y por fin al promiscuo baile de disfraces, en una mansión de las afueras. Corre el vino a raudales y hay trasiegos sospechosos en las glorietas del jardín. Una bella zagala, sentada en las rodillas de un vejete rijoso y barrigón, se quita de pronto el antifaz. ¿Y quién resulta ser? ¡Uno de los mocitos del establo! ¡O el bobo andrógino de la aldea con verga de hombre y ubres de mujer!

Mi señora va viendo estas imágenes porque yo se las describo en el oído, con vocecilla aviesa, al compás de la música. Mi sabiduría le traduce en formas, colores, figuras y acciones incitantes las notas del órgano cómplice. Eso es lo que ahora estoy haciendo, semiencaramado en su espalda, mi cremosa carita avanzada como un espigón por sobre su hombro: susurrándole fábulas pecaminosas. Ficciones que la distraen y hacen sonreír, ficciones que la sobresaltan y enardecen.

El profesor no puede dejar un solo instante de tañer el órgano: le va en ello la cabeza. Don Rigoberto lo ha prevenido: «Si aquellos fuelles dejan aunque sea un instante de soplar entenderé que cediste a la tentación de palpar. Entonces, te clavaré esta

100

daga en el corazón y echaré tu cadáver a los sabuesos. Ahora sabremos qué es más fuerte en ti, doncel: si el deseo de mi hermosa o el apego a tu vida». Lo es el apego a su vida, por supuesto.

Pero, mientras pulsa las teclas, tiene derecho a mirar. Es un privilegio que lo honra y exalta, que lo hace sentirse monarca o dios. Lo aprovecha con fruición deleitosa. Sus miradas, por lo demás, facilitan y complementan mi tarea ya que, la señora, advirtiendo el fervor y la pleitesía que le rinden los ojos de aquella faz imberbe y presintiendo las febriles codicias que despiertan en ese adolescente sensible sus muelles formas blancas, no puede dejar de sentirse conmovida y presa de humores concupiscentes.

Sobre todo cuando el tañedor del órgano la mira allí donde la está mirando. ¿Qué encuentra o qué busca en ese venusino rincón el joven músico? ¿Qué tratan de perforar sus vírgenes pupilas? ¿Qué lo imanta de tal modo en ese triángulo de piel transparente, circulado por venillas azules como riachuelos, al que sombrea el depilado bosquecillo del pubis? Yo no sabría decirlo y creo que él tampoco. Pero algo hay allí que atrae sus ojos cada atardecer con el imperio de una fatalidad o la magia de un sortilegio. Algo como la adivinación de que al pie del soleado montecillo de Venus, en la tierna hendi-

101

dura que protegen las torneadas columnas de los muslos de la señora, esponjosa, rojiza, húmeda con el rocío de su intimidad, discurre la fuente de la vida y del placer. Muy pronto, nuestro señor don Rigoberto se inclinará a beber en ella la ambrosía. El tañedor del órgano sabe que a él esa bebida le estará siempre vedada pues dentro de poco entrará al convento de los dominicos. Es un muchacho piadoso que desde la más tierna infancia sintió el llamado de Dios y al que nada ni nadie apartarán del sacerdocio. Aunque, según me lo ha confesado, estas veladas crepusculares lo hacen sudar hielo y pueblan sus sueños de demonios con tetas y nalgas de mujer, ellas no han debilitado su vocación religiosa. Antes bien: lo han convencido de la necesidad, a fin de salvar su alma y ayudar a otros a salvar la suya, de renunciar a las pompas y carnes de este mundo. Acaso mira con tanta obstinación el enrulado vergel de su ama sólo para probarse a sí mismo y mostrar a Dios que es capaz de resistir las tentaciones, incluida la más luciferina: el inmarcesible cuerpo de nuestra señora.

Ni ella ni yo tenemos esos problemas de conciencia y de moral. Yo porque soy un diosecillo pagano, y para colmo inexistente, nada más y nada menos que una imaginación de los humanos, y ella porque es una

102

esposa obediente que se somete a estas veladas preparatorias de la noche conyugal por respeto a su esposo, quien las programa en sus mínimos detalles. Se trata, pues, de una dama dócil a la voluntad de su dueño, como debe serlo la esposa cristiana, de modo que, si hay pecado en estos ágapes sensuales, es de suponer que ennegrecerán únicamente el alma de quien, para su deleite personal, los concibe y los manda.

También el delicado y laborioso peinado de la señora, con sus bucles, ondulaciones, coquetas mechas sueltas, elevaciones y caídas, y sus adornos de perlas exóticas, es espectáculo orquestado por don Rigoberto. El dio instrucciones precisas a los peluqueros y él pasa revista cada día, como un jefe a su mesnada, al ejército de alhajas del ajuar de la señora para elegir las que lucirán esa noche sobre sus cabellos, rodearán su garganta, penderán de sus translúcidas orejas y aprisionarán sus dedos y muñecas. «Tú no eres tú sino mi fantasía», dice ella que le susurra cuando la ama. «Hoy no serás Lucrecia sino Venus y hoy pasarás de peruana a italiana y de terrestre a diosa y símbolo.»

Tal vez sea así, en las alambicadas quimeras de don Rigoberto. Pero ella sigue siendo real, concreta, viva como una rosa sin arrancar de la rama o una avecilla que canta. ¿No es una mujer hermosa? Sí, hermosísima. Sobre todo, en este instante, cuando sus instintos han empezado a despertar, recordados por la sabia alquimia de las notas alargadas del órgano, las trémulas miradas del músico y las ardientes corrupciones que le destilo en el oído. Mi mano izquierda siente, allí sobre su pecho, cómo su piel se ha ido tensando y calentando. Su sangre empieza a hervir. Este es el momento en que ella alcanza la plenitud, o (para decirlo cultamente) aquello que los filósofos llaman absoluto y los alquimistas transubstancia.

La palabra que cifra mejor su cuerpo es: turgente. Azuzada por mis salaces ficciones, todo en ella se vuelve curva y prominencia, sinuosa elevación, blandura al temple. Esa es la consistencia que el buen gustador debería preferir para su compañera a la hora del amor: tierna abundancia que parece a punto de derramarse pero que se mantiene firme, suelta, elástica como la fruta madura y la pasta recién amasada, esa tierna textura que los italianos llaman *morbidezza*, palabra que hasta aplicada al pan suena lasciva.

Ahora que ya está incendiada por dentro, su cabecita fosforeciendo de lúbricas imágenes, yo escalaré su espalda y me revolcaré sobre la satinada geografía de su cuerpo, haciéndole cosquillas con mis alas en las

104

zonas propicias, y retozaré como un cachorrillo feliz en la tibia almohada de su vientre.
Esos disfuerzos míos la hacen reír y encan-
dilan su cuerpo hasta volverlo brasa. Ya mi
memoria está oyendo su risa que vendrá,
una risa que apaga los gemidos del órgano
y cubre de líquida saliva los labios del joven
profesor. Cuando ella ríe sus pezones se
endurecen y empinan como si una invisible
boca mamara de ellos, y los músculos de su
estómago vibran bajo la tersa piel olorosa
a vainilla sugiriendo el rico tesoro de tibiezas
y sudores de su intimidad. En ese momento
mi respingada nariz puede oler el aroma a
quesillo rancio de sus jugos secretos. El perfume de esa supuración de amor enloquece
a don Rigoberto, quien —ella me lo ha
contado—, de hinojos, como el que ora, lo
absorbe y se impregna de él hasta embria-
garse de dicha. Es, asegura, mejor afrodisía-
co que todos los elixires de inmundas mezclas que andan vendiendo a los amantes los
brujos y las celestinas de esta ciudad. «Mientras huelas así, seré tu esclavo», dice ella que
él le dice, con la lengua floja de los ebrios
de amor.

Pronto se abrirá la puerta y escuchare-
mos el quedo susurro de las pisadas en la
alfombra de don Rigoberto. Pronto lo ve-
remos asomarse a la vera de este lecho a
comprobar si hemos sido capaces, yo y el

profesor, de acercar la rastrera realidad a los oropeles de su fantasía. Oyendo la risa de la señora, viéndola, respirándola, comprenderá que algo de eso ha ocurrido. Hará entonces un casi imperceptible ademán de aprobación, que será para nosotros la orden de partida.

El órgano enmudecerá; con una profunda venia, el profesor hará mutis por el patio de los naranjos y yo saltaré por la ventana y me alejaré volatineando rumbo a la noche fragante del campo.

En la alcoba quedarán ellos dos y el rumor de su tierna contienda.

8
La sal de sus lágrimas

Justiniana tenía los ojos como platos y no dejaba de accionar. Sus manos parecían aspas:

—¡El niño Alfonso dice que se va a matar! ¡Porque usted ya no lo quiere, dice! —pestañeaba, aterrada—. Está escribiéndole una carta de despedida, señora.

—¿Es éste otro de esos disparates que...? —balbuceó doña Lucrecia, mirándola por el espejo del tocador—. ¿Tienes pajaritos en la cabeza, no?

Pero la cara de la mucama no era de bromas y doña Lucrecia, que estaba depilándose las cejas, dejó caer la pinza al suelo y sin preguntar más echó a correr escaleras abajo, seguida por Justiniana. La puerta del niño estaba cerrada con llave. La madrastra tocó con los nudillos: «Alfonso, Alfonsito». No hubo respuesta ni se oyó ruido adentro.

—¡Foncho! ¡Fonchito! —insistió doña

Lucrecia, tocando de nuevo. Sentía que la espalda se le helaba—. ¡Abreme! ¿Estás bien? ¿Por qué no contestas? ¡Alfonso!

La llave giró en la cerradura, chirriando, pero la puerta no se abrió. Doña Lucrecia tragó una bocanada de aire. El suelo era otra vez sólido bajo sus pies, el mundo se reordenaba después de haber sido un resbaladizo tumulto.

—Déjame sola con él —ordenó a Justiniana.

Entró en el cuarto, cerrando la puerta a su espalda. Hacía esfuerzos por reprimir la indignación que iba ganándola, ahora que había pasado el susto.

El niño, todavía con la camisa y el pantalón del uniforme de colegio, estaba sentado en su mesa de trabajo, la cabeza baja. La alzó y la miró, inmóvil y triste, más bello que nunca. A pesar de que aún entraba luz por la ventana, tenía encendida la lamparilla y en el dorado redondel que caía sobre el secante verdoso doña Lucrecia divisó una carta a medio hacer, la tinta todavía brillando, y un lapicero abierto junto a su manecita de dedos manchados.

Se acercó a pasos lentos.

—¿Qué estás haciendo? —murmuró.

Le temblaban la voz y las manos, su pecho subía y bajaba.

—Escribiendo una carta —repuso el niño en el acto, con firmeza—. A ti.

—¿A mí? —sonrió ella, tratando de parecer halagada—. ¿Ya puedo leerla?

Alfonso puso su mano encima del papel. Estaba despeinado y muy serio.

—Todavía. —En su mirada había una resolución adulta y su tono era desafiante—. Es una carta de despedida.

—¿De despedida? Pero ¿acaso te vas a alguna parte, Fonchito?

—A matarme —lo oyó decir doña Lucrecia, mirándola fijo, sin moverse. Aunque, después de unos segundos, su compostura se quebró y se le aguaron los ojos—: Porque tú ya no me quieres, madrastra.

Oírselo decir de esa manera entre adolorida y agresiva, con la carita torciéndosele en un puchero que intentaba en vano frenar y usando palabras de amante despechado que desentonaban tanto en su figurilla imberbe, de pantalón corto, desarmó a doña Lucrecia. Permaneció muda, boquiabierta, sin saber qué responder.

—Pero, qué tonterías estás diciendo, Fonchito —murmuró al fin, sobreponiéndose sólo a medias—. ¿Que yo no te quiero? Pero, corazón, si tú eres como mi hijo. Yo a ti...

Se calló, porque Alfonso, dejando caer su cuerpo sobre ella y abrazándose de su cin-

111

tura, rompió a llorar. Sollozaba, con la cara aplastada contra el vientre de doña Lucrecia, su pequeño cuerpo conmovido por los suspiros y con un jadeo ansioso de cachorrillo hambriento. Era un niño, ahora sí, no había duda, por la desesperación con que lloraba y el impudor con que exhibía su sufrimiento. Luchando para no dejarse vencer por la emoción que le cerraba la garganta y había mojado ya sus ojos, doña Lucrecia le acarició los cabellos. Confundida, presa de sentimientos contradictorios, lo escuchaba desahogarse, balbuciendo sus quejas.

—Hace días que no me hablas. Te pregunto algo y te das la vuelta. Ya no me dejas que te bese ni para los buenos días ni las buenas noches y cuando regreso del colegio me miras como si te molestara verme entrar a la casa. ¿Por qué madrastra? ¿Yo qué te he hecho?

Doña Lucrecia lo contradecía y lo besaba en los cabellos. No, Fonchito, nada de eso es verdad. ¡Qué susceptibilidades eran ésas, chiquitín! Y, buscando la forma más atenuada, trataba de explicárselo. ¡Cómo no lo iba a querer! ¡Muchísimo, corazoncito! Pero si vivía pendiente de él para todo y lo tenía siempre en la mente cuando él estaba en el colegio o jugando al fútbol con sus amigos. Ocurría, simplemente, que no era

112

bueno que fuera tan pegado a ella, que se
desviviera en esa forma por su madrastra.
Podía hacerle daño, zoncito, ser tan impul-
sivo y vehemente en sus afectos. Desde el
punto de vista emocional, era preferible que
no dependiera tanto de alguien como ella,
tan mayor que él. Su cariño, sus intereses
debían compartirse con otras personas, volcarse sobre todo en niños de su edad, sus
amiguitos, sus primos. Así crecería más
pronto, con una personalidad propia, así
sería el hombrecito de carácter del que ella
y don Rigoberto se sentirían después tan or-
gullosos.

Pero, mientras doña Lucrecia hablaba,
algo en su corazón desmentía lo que iba
diciendo. Estaba segura de que el niño tampoco le prestaba atención. Acaso ni la oía.
«No creo una palabra de lo que le digo»,
pensó. Ahora que sus sollozos habían ce-
sado, aunque aún lo sobrecogía de tanto
en tanto un hondo suspiro, Alfonsito parecía concentrado en las manos de su madrastra. Se las había cogido y las besaba despacito, tímidamente, con unción. Luego,
mientras se las frotaba contra la mejilla
satinada, doña Lucrecia lo escuchó murmurar quedo, como si se dirigiese sólo a los
dedos afilados que apretaba con fuerza: «Yo
a ti te quiero mucho, madrastra. Mucho,
mucho... Nunca más me trates así, como en

113

estos días, porque me mataré. Te juro que me mataré».

Y, entonces, fue como si dentro de ella un dique de contención súbitamente cediera y un torrente irrumpiera contra su prudencia y su razón, sumergiéndolas, pulverizando principios ancestrales que nunca había puesto en duda y hasta su instinto de conservación. Se agachó, apoyó una rodilla en tierra para estar a la misma altura del niño sentado y lo abrazó y lo acarició, libre de trabas, sintiéndose otra y como en el corazón de una tormenta.

—Nunca más —repitió, con dificultad, pues la emoción apenas le permitía articular las palabras—. Te prometo que nunca más te trataré así. La frialdad de estos días era fingida, chiquitín. Qué tonta he sido, queriendo hacerte un bien te hice sufrir. Perdóname, corazón...

Y, al mismo tiempo, lo besaba en los alborotados cabellos, en la frente, en las mejillas, sintiendo en los labios la sal de sus lágrimas. Cuando la boca del niño buscó la suya, no se la negó. Entrecerrando los ojos se dejó besar y le devolvió el beso. Luego de un momento, envalentonados, los labios del niño insistieron y empujaron y entonces ella abrió los suyos y dejó que una nerviosa viborilla, torpe y asustada al principio, luego audaz, visitara su boca y la recorriera, sal-

114

tando de un lado a otro por sus encías y sus dientes, y tampoco retiró la mano que, de pronto, sintió en uno de sus pechos. Reposó allí un momento, quieta, como tomando fuerzas, y después se movió y, ahuecándose, lo acarició en un movimiento respetuoso, de presión delicada. Aunque, en lo profundo de su espíritu, una voz la urgía a levantarse y partir, doña Lucrecia no se movió. Más bien, estrechó al niño contra sí y, sin inhibiciones, siguió besándolo con un ímpetu y una libertad que crecían al ritmo de su deseo. Hasta que, como en sueños, sintió el freno de un automóvil y, poco después, la voz de su marido, llamándola.

Se incorporó de un salto, espantada; su miedo contagió al niño cuyos ojos se impregnaron de susto. Vio la ropa desordenada de Alfonso, las marcas de carmín en su boca. «Anda a lavarte», le ordenó, de prisa, señalando, y el niño asintió y corrió al baño.

Ella salió de la habitación mareada y, poco menos que a tropezones, cruzó el saloncillo que daba al jardín. Fue a encerrarse en el baño de visitas. Estaba desfalleciente, como si hubiera corrido. Mirándose en el espejo, le sobrevino un ataque de risa histérica que sofocó tapándose la boca. «Insensata, loca», se insultó, mientras se mojaba la cara con agua fría. Luego, se sentó en el bidé y soltó la regadera, largo rato. Se sometió a un aseo minucioso y compuso sus ropas y sus facciones y permaneció allí hasta sentirse de nuevo totalmente serena, dueña de su cara y de sus gestos. Cuando salió a saludar a su marido, estaba fresca y risueña como si nada anormal le hubiera sucedido. Pero, aunque don Rigoberto la notó tan cariñosa y solícita como todos los días, desbordante de mimos y atenciones, y escuchó sus anécdotas de la jornada con el interés de siempre, había en doña Lucrecia un escondido malestar que no la abandonó un instante, una desazón que, de tanto en tanto, le producía un escalofrío y le ahuecaba el vientre.

El niño cenó con ellos. Estuvo discreto y formalito, igual que de costumbre. Con risa saltarina celebró los chistes de su padre y le pidió incluso que les contara otros, «esos chistes negros papá, esos que son algo cochinos». Cuando sus ojos se cruzaban con los de él, doña Lucrecia se admiraba de no encontrar en esa mirada despejada, azul pálido, ni la sombra de una nube, el más mínimo brillo de picardía o de complicidad.

Horas después, en la intimidad a oscuras de la alcoba, don Rigoberto musitó una vez más que la quería y, cubriéndola de besos, le agradeció sus días y sus noches, la inmen-

116

sa felicidad que gracias a ella lo colmaba. «Desde que nos casamos, estoy aprendiendo a vivir, Lucrecia», oyó que le decía, exaltado. «Si no fuera por ti, hubiera muerto ignorante de tanta sabiduría y sin sospechar siquiera lo que era, de verdad, gozar.» Ella lo escuchaba conmovida y dichosa pero aun ahora no podía dejar de pensar en el niño. Sin embargo, esa vecindad intrusa, esa presencia mirona y angelical no empobrecía, más bien condimentaba su placer con una esencia turbadora, febril.

—¿No me preguntas quién soy? —murmuró, por fin, don Rigoberto.

—¿Quién, quién, amor mío? —le respondió con la impaciencia requerida, alentándolo.

—Un monstruo, pues —lo oyó decir, ya lejos, inalcanzable en el vuelo de su fantasía.

9
Semblanza de humano

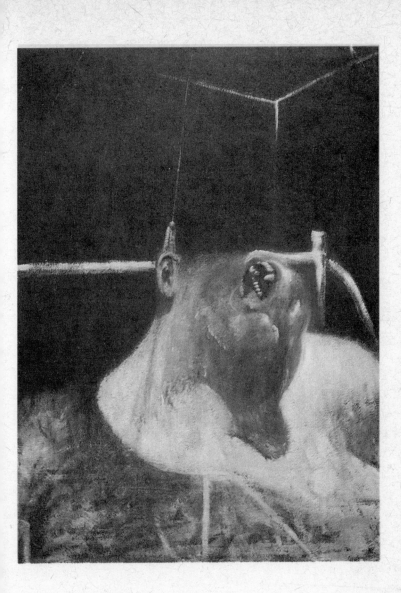

[4]

Perdí la oreja izquierda de un mordisco, peleando con otro humano, creo. Pero, por la delgada ranura que quedó, oigo claramente los ruidos del mundo. También veo las cosas, aunque al sesgo y con dificultad. Pues, aunque al primer golpe de vista no lo parezca, esa protuberancia azulina, a la izquierda de mi boca, es un ojo. Que esté allí, funcionando, capturando las formas y los colores, es un prodigio de la ciencia médica, un testimonio del progreso extraordinario que caracteriza al tiempo en que vivimos. Yo debía de estar condenado a perpetua oscuridad, desde el gran incendio —no recuerdo si provocado por un bombardeo o un atentado— en el que todos los sobrevivientes quedaron privados de la vista y el pelo, a causa de los óxidos. Tuve la suerte de perder sólo un ojo; el otro fue salvado por los oftalmólogos luego de dieciséis intervenciones. Carece de párpados y lagrimea con frecuencia, pero me permite distraerme viendo la televisión, y, sobre todo, detectar rápidamente la aparición del enemigo.

El cubo de vidrio donde estoy es mi casa. Veo a través de sus paredes pero nadie puede verme desde el exterior: un sistema muy conveniente para la seguridad del hogar, en esta época de tremendas asechanzas. Los vidrios de mi morada son, claro está, antibalas, antigérmenes, antirradiaciones e insonoros. Están siempre perfumados con un olor a sobaco y almizcle que a mí —ya sé que sólo a mí— me deleita.

Tengo un olfato muy desarrollado y es por la nariz por donde más gozo y sufro. ¿Debo llamar nariz a este órgano membranoso y gigante que registra todos los olores, aun los más sutiles? Me refiero al bulto grisáceo, con costras blancas, que empieza a la altura de mi boca y baja, creciendo, hasta mi cuello de toro. No, no es la hinchazón del bocio ni una manzana de Adán inflada por la acromegalia. Es mi nariz. Sé que no es bella ni útil, pues su excesiva sensibilidad la torna un indescriptible tormento cuando se pudre una rata en la vecindad o pasan materias fétidas por las cañerías que atraviesan mi hogar. Aun así, yo la venero y a veces pienso que mi nariz es el aposento de mi alma.

No tengo brazos ni piernas pero mis

cuatro muñones están bien cicatrizados y endurecidos, de modo que puedo desplazarme por la tierra con facilidad y aun a la carrera si hace falta. Mis enemigos no han logrado darme alcance hasta ahora en ninguna de las persecuciones. ¿Cómo perdí las manos y los pies? Un accidente de trabajo, tal vez; o, acaso, un medicamento que engulló mi madre para tener un embarazo benigno (la ciencia no acierta en todos los casos, por desgracia).

Mi sexo está intacto. Puedo hacer el amor a condición de que el mozalbete o la hembra que hace de *partenaire* me permita acomodarme de tal manera que mis forúnculos no rocen su cuerpo, pues si revientan mana de ellos el pus hediondo y padezco dolores atroces. Me gusta fornicar y, en cierto sentido, diría que soy un voluptuoso. Es verdad que a menudo experimento fiascos o la humillante eyaculación precoz. Pero, otras veces, tengo orgasmos prolongados y repetidos que me dan la sensación de ser aéreo y radiante como el arcángel Gabriel. La repugnancia que inspiro a mis amantes se troca en atracción, e incluso en delirio, una vez que —con ayuda del alcohol o la droga casi siempre— vencen la prevención inicial y aceptan trenzarse conmigo sobre una cama. Las mujeres llegan a amarme, incluso, y los chicos a enviciarse con mi

123

fealdad. En el fondo de su alma, a la bella la fascinó siempre la bestia, como recuerdan tantas fábulas y mitologías, y es raro que en el corazón de un apuesto jovenzuelo no anide algo perverso. Nunca lamentó alguno de mis amantes haberlo sido. Ellos y ellas me agradecen haberlos instruido en las refinadas combinaciones de lo horrible y el deseo para causar placer. Conmigo aprendieron que todo es y puede ser erógeno y que, asociada al amor, la función orgánica más vil, incluidas aquéllas del bajo vientre, se espiritualiza y ennoblece. La danza de los gerundios que conmigo bailan —eructando, orinando, defecando— los acompaña después como un melancólico recuerdo de los tiempos idos, ese descenso a la mugre (algo que a todos tienta y que tan pocos osan emprender) que hicieron en mi compañía.

Mi mayor fuente de orgullo es mi boca. No es verdad que esté abierta de par en par porque aúllo de desesperación. La tengo así para mostrar mis blancos y filudos dientes. ¿No los envidiaría cualquiera? Apenas si me faltan dos o tres. Los demás se conservan firmes y carniceros. Si es necesario, trituran piedras. Pero prefieren cebarse sobre pechugas y nalgas de terneras, incrustarse en tetillas y muslos de gallinas y capones o gargantas de pajarillos. Comer carne es una prerrogativa de los dioses.

No soy desdichado ni quiero que me compadezcan. Soy como soy y eso me basta. Saber que otros están peor es un gran consuelo, por supuesto. Es posible que Dios exista, pero eso, a estas alturas de la historia, con todo lo que nos ha pasado ¿tiene alguna importancia? ¿Que el mundo acaso pudo ser mejor de lo que es? Sí, acaso, pero ¿para qué preguntárselo? He sobrevivido y, a pesar de las apariencias, formo parte de la raza humana.

Mírame bien, amor mío. Reconóceme, reconócete.

10
Tuberosa y sensual

«Erase un hombre a una nariz pegado», recitó don Rigoberto, iniciando, con una invocación poética, la ceremonia de los jueves. Y recordó a José María Eguren, el grácil poeta nefelíbata que, considerando la palabra «nariz» fonéticamente vulgar, la afrancesó y llamó *nez* en sus poemas.

¿Era muy fea su nariz? Dependía del cristal a cuyo través se la miraba. Era rotunda y aquilina, sin complejos de inferioridad, curiosa del mundo, muy sensible, tuberosa y ornamental. Pese a los cuidados y prevenciones de don Rigoberto la averiaban de cuando en cuando rachas de espinillas, pero, esta semana, a juzgar por lo que decía el espejito, no había aparecido una sola que apretar, expulsar y desinfectar luego con agua oxigenada. Por un inexplicable capricho cutáneo buena parte de ella, sobre todo en su extremo inferior, allí donde se curvaba y abría en dos ventanas, lucía una coloración encarnada, matiz borgoña añejo, como la que denuncia a los borrachos. Pero don Rigoberto bebía con tanta moderación como comía, de manera que aquellos arreboles no tenían otra causa posible, a su entender, que las incoherencias y veleidades de la señora Naturaleza. A no ser que —la cara del marido de doña Lucrecia se distendió en una sonrisa de oreja a oreja— su sensible narizota viviera ruborizada recordando los libidinosos menesteres que olfateaba en el lecho conyugal. Don Rigoberto vio que los dos orificios de su órgano respiratorio se ensanchaban de inmediato, anticipando aquellas brisas seminales —«emulsionantes fragancias», pensó— que, dentro de poco, entrando por allí, lo impregnarían hasta los tuétanos. Se sintió blando y agradecido. A trabajar, pues, que todo tenía su tiempo y sitio: todavía no era momento de respiraciones, cachafaz.

Se sonó fuerte con su pañuelo, primero un lado y luego el otro, mientras con el dedo índice clausuraba el conducto opuesto, hasta estar seguro de que su nariz se hallaba limpia de mucosidades y aguadija. Entonces, en la mano izquierda la lupa de filatelista que le servía para explorar las postales y grabados eróticos de su colección y para las minucias del aseo, y en la mano derecha la tijerilla de uñas, procedió a emancipar sus narices de esos pelillos antiestéticos cuyas negras cabecitas ya comenzaban a asomar al exterior, pese a haber sido decapitadas hacía sólo siete días. La tarea demandaba la concentración de un miniaturista oriental a fin de llevarla a cabo con felicidad y sin cortarse. A don Rigoberto le producía un apacible sosiego espiritual, poco menos que el estado de «vacío y plenitud» descrito por los místicos.

La férrea voluntad de domeñar las ingratas arbitrariedades de su cuerpo, obligando a éste a existir dentro de ciertas pautas estéticas, sin desbordar unos límites fijados por su soberano gusto —y el de Lucrecia, en cierto modo— gracias a unas técnicas de extirpación, recorte, expulsión, riego, frote, tonsura, pulimento, etcétera, que había llegado a dominar como un eximio artesano su oficio, lo aislaba del resto de los hombres y le producía esa milagrosa sensación —que cuando se reuniera en la oscuridad de la alcoba con su mujer alcanzaría su apogeo— de haber salido del tiempo. Algo más que una sensación: una certidumbre física. Todas sus células estaban en este instante liberadas —chas chas hacían las hojas plateadas de la tijerilla y chas chas los cercenados pelitos bajaban lentos, ingrávidos, por el aire chas chas desde sus narices al remolino de agua del lavador chas chas—, suspendi-

131

das, absueltas del deterioro del acaecer, de la pesadilla del siendo. Esa era la virtud mágica del rito y los hombres primitivos lo habían descubierto en los albores de la historia: convertirlo a uno, por ciertos instantes eternos, en puro estar. El había redescubierto esa sabiduría a solas, por su cuenta y riesgo. Pensó: «La manera de sustraerse momentáneamente a la ruin decadencia y a las servidumbres edilicias de la civilidad, a las convenciones abyectas del rebaño, para alcanzar, por un breve paréntesis al día, una naturaleza soberana». Pensó: «Esto es un anticipo de inmortalidad». La palabra no le pareció excesiva. En este instante se sentía —chas chas, chas chas— incorruptible; y, pronto, entre los brazos y piernas de su esposa, se sentiría un monarca. Pensó: «Un dios».

El cuarto de baño era su templo; el lavador, el ara de los sacrificios; él era el sumo sacerdote y estaba celebrando la misa que cada noche lo purificaba y redimía de la vida. «Dentro de un momento seré digno de Lucrecia y estaré con ella», se dijo. Contemplándola, habló a su robusta nariz en tono cálido: «Te digo que muy pronto estaremos tú y yo en el paraíso, mi buena ladrona». Sus dos orificios se abrieron, golosos, husmeando el futuro. Pero en vez de los prensiles aromas íntimos de la señora de la casa, olieron el aséptico olor de agua y jabón con que don Rigoberto, mediante complicadas aspersiones manuales y equinos movimientos de cabeza, se acicalaba ahora el interior ya podado de sus narices.

Terminada la parte delicada del rito nasal, su mente pudo abandonarse de nuevo al fantaseo y asoció, de pronto, el inminente tálamo matrimonial, donde Lucrecia yacía esperándolo, con el impronunciable nombre del historiador y ensayista holandés Johan Huizinga, uno de cuyos ensayos le había llegado al corazón, persuadiéndolo de que había sido escrito para él, para ella, para ellos dos. Enjuagándose el alma de la nariz con agua pura mediante un gotero, don Rigoberto se preguntó: «¿No es nuestra čama el espacio mágico del que habla *Homo Ludens?*». Sí, por antonomasia. Según el holandés, la cultura, la civilización, la guerra, el deporte, la ley, la religión, habían brotado de ese territorio convencional, como arborescencias y frondosidades, felices algunas, perversas otras, de la irresistible propensión humana a jugar. Divertida teoría, sin duda; sutil también, pero seguramente falsa. Sin embargo, el púdico humanista no profundizó aquella intuición genial aplicándola al dominio que la confirmaba, donde casi todo se esclarecía gracias a su luz.

«Espacio mágico, territorio femenino,

bosque de los sentidos», buscó metáforas para el pequeño país que habitaba en este momento Lucrecia. «Mi reino es una cama», decretó. Estaba enjuagándose las manos, secándoselas. El vasto colchón de tres plazas permitía a la pareja moverse con comodidad en una dirección o en otra y estirarse e incluso rodar en semoviente y alegre abrazo sin riesgo de rodar al suelo. Era mullido pero tenso, de resortes firmes y tan perfectamente nivelado que los cuerpos podían deslizar por él cualquiera de sus miembros sin encontrar la menor aspereza u obstáculo que conspirara contra determinada gimnasia, posición, temeridad o broma escultórica durante los juegos amorosos. «Abadía de la incontinencia», improvisó don Rigoberto, inspirado. «Colchón-jardín donde las flores de mi mujer se abren y arrojan para este privilegiado mortal sus esencias secretas.»

Vio que, en el espejito, sus narices se habían puesto a latir como dos pequeñas fauces hambrientas. «Déjame respirarte, amor mío.» La olería y respiraría de pies a cabeza, con esmero y tesón, demorándose mucho en ciertas partes de aroma propio y particular y apresurándose en otras, insípidas; nasalmente la escrutaría y amaría, oyéndola protestar a veces entre risitas sofocadas: «Ahí, no, mi amor, me haces cosquillas». Don Rigoberto sintió un ligero vahído de

134

impaciencia. Pero no se apresuró: quien espera no desespera, se prepara para gozar con más discernimiento y saber.

Llegaba a las postrimerías del ceremonial cuando, proveniente del jardín, filtrándose por entre las junturas de los cristales, subió hasta sus narices el penetrante perfume de la madreselva. Cerró los ojos y aspiró. Era un perfume sedicioso el de esta trepadora incoherente. Permanecía muchos días cerrada sobre sí misma, sin librar su aroma verde, como atesorándolo y recargándolo, y, de pronto, en ciertos momentos misteriosos del día o de la noche, en razón de la humedad del ambiente, o de los movimientos de la luna y las estrellas, o de ciertos discretos cataclismos ocurridos allá debajo, en el seno de la tierra donde se aposentaban sus raíces, descargaba sobre el mundo ese vaho agridulce y turbador que hacía pensar en mujeres morenas, de cabelleras largas y ondulantes y en danzas en las que, en el desenfrenado remolino de las faldas, se divisaban muslos satinados, nalgas prietas, tobillos finos y, fuego fatuo veloz, la madeja de un frondoso pubis.

Ahora sí —don Rigoberto tenía los ojos entrecerrados y era como si toda la energía hubiera huido del resto de su cuerpo para refugiarse en sus órganos reproductor y nasal— sus narices estaban aspirando la madreselva de doña Lucrecia. Y mientras el tibio y denso perfume, con reminiscencias de almizcle, de incienso, de coles remojadas, de anís, de pescado en vinagre, de violetas abriéndose, de sudores de niña virgen, subía como una emanación vegetal o una lava sulfurosa hasta su cerebro, erupcionándolo de deseo, su nariz, mudada en sensitiva, podía también sentir ahora aquella fronda amada, el roce viscoso de la raja de candentes labios, el cosquilleo del húmedo velloncino cuyos sedosos filamentos hurgaban sus orificios nasales exacerbando aún más el efecto de narcótico vaporoso que le brindaba el cuerpo de su amada.

Haciendo un gran esfuerzo intelectual —repetir en voz alta el teorema de Pitágoras— don Rigoberto detuvo a medias la erección que comenzaba a destocar aquella cabecita enamorada, y, salpicándola con puñados de agua fría, la apaciguó y devolvió, encogida, a su discreto capullo de pliegues. Contempló enternecido el blando cilindro que, sereno ahora, elástico, meciéndose levemente como el badajo de una campana, prolongaba su bajo vientre. Se dijo una vez más que era una gran suerte que a sus padres no se les hubiera ocurrido hacerlo circuncidar: su prepucio era un diligente fabricante de sensaciones placenteras y estaba seguro de que, privado de esa translúcida

136

membrana, hubieran sido más pobres sus noches de amor, acaso una privación tan grave como si una brujería le aboliera el olfato.

Y súbitamente recordó a aquellos audaces extravagantes para quienes aspirar fragancias insólitas y consideradas repelentes por el común, era una necesidad vital, ni más ni menos que comer y beber. Trató de imaginar al poeta Federico Schiller hundiendo ávidamente sus sensibles narices en las manzanas podridas que lo estimulaban y predisponían para la creación y el amor, tanto como a don Rigoberto las figurillas eróticas. Y fantaseó después sobre la inquietante receta privada del elegante historiador de la Revolución Francesa, Michelet —una de cuyas fantasías era observar menstruando a su amada Athéné— quien, cuando lo rendían la fatiga y el desánimo, abandonaba los manuscritos, pergaminos y ficheros de su estudio para deslizarse sigilosamente, como un ladrón, hasta las letrinas del hogar. Don Rigoberto lo intuyó: con chaleco, levita de dos puntas, escarpines y acaso planstrom, arrodillado y reverente ante la taza de excrementos, absorbiendo con infantil delectación las hediondas miasmas que, llegadas a los entresijos de su romántico cerebro, le devolverían el entusiasmo y la energía, la frescura de cuerpo y de espíritu, el ímpetu intelectual y los generosos ideales. «Comparado a esos originales qué normal soy», pensó. Pero no se sintió descorazonado ni inferior. La felicidad que había encontrado en sus solitarias prácticas higiénicas y, sobre todo, en el amor de su mujer, le parecían compensación suficiente de su normalidad. ¿Para qué, teniendo esto, hubiera necesitado ser rico, famoso, extravagante, genial? La modesta oscuridad que era su vida a los ojos de los demás, esa rutinaria existencia de gerente de una compañía de seguros, ocultaba algo que, estaba seguro, pocos congéneres disfrutaban o sospechaban siquiera que existía: la dicha posible. Transitoria y secreta, sí, mínima incluso, pero cierta, palpable, nocturna, viva. Ahora la estaba sintiendo a su alrededor como una aureola y dentro de unos minutos él sería ella, y la dicha sería también su mujer con él y con ella, unidos en esa trinidad profunda de los dos que, gracias al placer, eran uno o mejor dicho tres. ¿Había resuelto, tal vez, el misterio de la Trinidad? Se sonrió: no era para tanto, cachafaz. Sólo una pequeña sabiduría para oponer un momentáneo antídoto a las frustraciones y contrariedades de que estaba adobada la existencia. Pensó: «La fantasía corroe la vida, gracias a Dios».

Al cruzar la puerta del dormitorio, suspiró, trémulo.

11

Sobremesa

—Te voy a decir algo que no sabes, madrastra —exclamó Alfonso, con una lucecita vibrante en las pupilas—. En el cuadro de la sala estás tú.

Tenía la cara arrebatada y alegre y esperaba, con media sonrisa pícara, que ella adivinara la intención oculta en lo que acababa de insinuar.

«Es un niño otra vez», pensó doña Lucrecia desde el capullo tibio de languidez en que se hallaba, a medio camino entre la vigilia y el sueño. Hacía apenas un momento era un hombrecito desprejuiciado, de instinto certero, que cabalgaba sobre ella como diestro jinete. Ahora, era de nuevo un niño feliz, que se divertía jugando a los acertijos con su madre adoptiva. Estaba desnudo, de rodillas, sentado sobre sus talones al pie de la cama y ella no pudo resistir la tentación de alargar la mano y posarla sobre ese muslo rubio, color miel, de vello semiinvisible abrillantado por el sudor. «Así debían de ser los dioses griegos», pensó. «Los amorcillos de los cuadros, los pajes de las princesas, los geniecillos de *Las mil y una noches,* los *spintria* del libro de Suetonio.» Hundió los dedos en esa carne joven y esponjosa y pensó, con un estremecimiento voluptuoso: «Eres feliz como una reina, Lucrecia».

—Pero si en la sala hay un Szyszlo —murmuró, con desgana—. Un cuadro abstracto, chiquitín.

Alfonsito soltó una carcajada.

—Pues ésa eres tú —afirmó. Y, de pronto, se ruborizó hasta las orejas, como caldeado por una correntada solar—. Lo descubrí esta mañana, madrastra. Pero ni aunque me mates te diré cómo.

Le sobrevino otro ataque de risa y se dejó caer de bruces en la cama. Permaneció así un buen rato, la cara hundida en la almohada, temblando por las carcajadas. «Qué es lo que se ha metido en esta cabecita loca», murmuró doña Lucrecia, revolviéndole los cabellos que eran finos como arenilla o polvo de arroz. «Algún mal pensamiento, bandido, cuando te has puesto colorado.»

Habían pasado la noche juntos por primera vez, aprovechando uno de esos rápidos viajes de negocios por provincias que hacía

142

don Rigoberto. Doña Lucrecia dio salida a todo el servicio la noche anterior, de modo que estaban solos en la casa. La víspera, luego de comer juntos y de ver la televisión esperando la partida de Justiniana y de la cocinera, subieron al dormitorio e hicieron el amor antes de dormir. Y lo habían hecho de nuevo al despertarse, hacía poco rato, con las primeras luces de la mañana. Detrás de las persianas color chocolate, el día crecía rápidamente. Había ya ruido de gentes y autos en la calle. Pronto llegarían los criados. Doña Lucrecia se desperezó, soñolienta. Tomarían un desayuno abundante, con jugos de frutas y huevos revueltos. Al mediodía, ella y Alfonsito irían al aeropuerto a recoger a su marido. Nunca se lo había dicho, pero ambos sabían que a don Rigoberto le encantaba divisarlos saludándolo con las manos en alto al bajar del avión y cada vez que podían le daban ese gusto.

—Entonces, ahora ya sé lo que quiere decir un cuadro abstracto —reflexionó el niño, sin levantar la cara de la almohada—. ¡Un cuadro cochino! Ni me lo olía, madrastra.

Doña Lucrecia se ladeó, se acercó a él. Apoyó la mejilla sobre su espalda tersa, sin una gota de grasa, con un brillo de escarcha, en la que apenas se insinuaba, como una diminuta cordillera, la columna vertebral.

143

Cerró los ojos y le pareció escuchar el lento movimiento de la sangre temprana bajo esa piel elástica. «Esta es la vida latiendo, la vida viviendo», pensó, maravillada.

Desde que hizo el amor con el niño por primera vez, había perdido los escrúpulos y ese sentimiento de culpa que antes la mortificaba tanto. Ocurrió al día siguiente del episodio de la carta y de sus amenazas de suicidio. Había sido algo tan inesperado que, cuando doña Lucrecia lo recordaba, le parecía imposible, algo no vivido sino soñado o leído. Don Rigoberto acababa de encerrarse en el cuarto de baño para la ceremonia nocturna de la higiene y ella, en bata y camisón de dormir, bajó a dar las buenas noches a Alfonsito, como se lo había prometido. El niño saltó de la cama a recibirla. Prendido de su cuello, le buscó los labios y acarició tímidamente sus pechos, mientras ambos escuchaban, encima de sus cabezas, como una música de fondo, a don Rigoberto tarareando la desafinada canción de una zarzuela a la que hacía contrapunto el chorro de agua del lavador. Y, de pronto, doña Lucrecia sintió contra su cuerpo una presencia pugnaz, viril. Había sido más fuerte que su sentido del peligro, un arrebato incontenible. Se dejó resbalar sobre el lecho a la vez que atraía contra sí al pequeño, sin brusquedad, como temiendo trizarlo.

Abriéndose la bata y apartando el camisón, lo acomodó y guió, con mano impaciente. Lo había sentido afanarse, jadear, besarla, moverse, torpe y frágil como un animalito que aprende a andar. Lo había sentido, muy poco después, soltando un gemido, terminar.

Cuando volvió al dormitorio, el aseo de don Rigoberto aún no había concluido. El corazón de doña Lucrecia era un tambor desbocado, un galope ciego. Se sentía asombrada de su temeridad y —le parecía mentira— ansiosa por abrazar a su marido. Su amor por él había aumentado. La figura del niño también estaba allí, en su memoria, enterneciéndola. ¿Era posible que hubiera hecho el amor con él y fuera a hacerlo ahora con el padre? Sí, lo era. No sentía remordimiento ni vergüenza. Tampoco se consideraba una cínica. Era como si el mundo se plegara a ella, dócilmente. La poseía un incomprensible sentimiento de orgullo. «Esta noche he gozado más que ayer y que nunca», oyó decir a don Rigoberto, más tarde. «No tengo cómo agradecerte la dicha que me das.» «Yo tampoco, mi amor», susurró doña Lucrecia, temblando.

Desde esa noche, tenía la certidumbre de que los encuentros clandestinos con el niño, de algún modo oscuro y retorcido, difícil de explicar, enriquecían su relación matrimonial, sobresaltándola y renovándola. Pero ¿qué clase de moral es ésta, Lucrecia?, se preguntaba, asustada. ¿Cómo es posible que te hayas vuelto así, a tus años, de la noche a la mañana? No podía comprenderlo, pero tampoco se esforzaba por conseguirlo. Prefería abandonarse a esa contradictoria situación, en la que sus actos desafiaban y transgredían sus principios en pos de esa intensa exaltación riesgosa que se había vuelto para ella la felicidad. Una mañana, al abrir los ojos, se le ocurrió esta frase: «He conquistado la soberanía». Se sintió dichosa y emancipada, pero no hubiera podido precisar de qué.

«Tal vez no tengo la impresión de estar haciendo algo malo porque Fonchito tampoco la tiene», pensó, rozando el cuerpo del niño con la yema de los dedos. «Para él es un juego, una travesura. Y eso es lo nuestro, nada más. No es mi amante. ¿Cómo podría serlo, a su edad?» ¿Qué era, entonces? Su amorcillo, se dijo. Su *spintria*. Era el niño que los pintores renacentistas añadían a las escenas de alcoba para que, en contraste con esa pureza, resultara más ardoroso el combate amatorio. «Gracias a ti, Rigoberto y yo nos queremos y gozamos más», pensó, besándolo en el cuello con la orilla de los labios.

—Te podría explicar por qué el cuadro

146

ése es tu retrato, pero me da no sé qué —murmuró el niño, sepultado siempre contra las almohadas—. ¿Quieres que te lo explique, madrastra?

—Sí, sí, por favor —doña Lucrecia examinaba devotamente las venitas sinuosas que se traslucían en ciertas partes de su piel, como unos riachuelos azules—. ¿Cómo puede ser mi retrato un cuadro en el que no hay figuras, sino formas geométricas y colores?

El niño alzó la cara, burlón.

—Piensa y verás. Acuérdate cómo es el cuadro y cómo eres tú. No te creo que no caigas. ¡Si es facilísimo! Adivina y te daré un premio, madrastra.

—¿Sólo esta mañana te diste cuenta de que ese cuadro era mi retrato? —preguntó doña Lucrecia, cada vez más intrigada.

—Caliente, caliente —la aplaudió el niño—. Si sigues por ese camino, ahorita lo descubres. ¡Ay, qué vergüenza, madrastra!

Lanzó otra carcajada y volvió a esconderse entre las sábanas. En el alféizar de la ventana, un pajarito se había puesto a piar. Era un sonido estridente y jubiloso, que alanceaba la mañana y parecía celebrar el mundo, la vida. «Tienes razón de estar contento», pensó doña Lucrecia. «El mundo es hermoso y vale la pena vivir en él. Pío, pío.»

—Es tu retrato secreto, pues —musitó Alfonsito. Deletreaba cada palabra y hacía unas pausas misteriosas, buscando un efecto teatral—. De lo que nadie sabe ni ve de ti. Sólo yo. Ah, y mi papá, por supuesto. Si no adivinas ahora, no adivinarás nunca, madrastra.

Le sacó la lengua y le hizo una morisqueta, mientras la observaba con esa mirada azul líquido bajo cuya superficie cristalina, inocente, a doña Lucrecia le parecía a veces adivinar algo perverso, como esas bestias tentaculares que anidan en lo profundo de los paradisíacos océanos. Le ardieron las mejillas. ¿Estaba Fonchito realmente insinuando lo que ella acababa de presentir? O, más bien, ¿entendía el niño lo que significaba aquello que estaba sugiriendo? Sin duda sólo a medias, de una manera informe, instintiva, que no llegaba a su razón. ¿Era la niñez esa amalgama de vicio y virtud, de santidad y pecado? Trató de recordar si ella, en un tiempo remoto, había sido, como Fonchito, limpia y sucia al mismo tiempo, pero no pudo. Volvió a descansar su mejilla contra la espalda leonada del niño y lo envidió. ¡Ah, quién pudiera actuar siempre con esa semiinconsciencia animal con la que él la acariciaba y la amaba, sin juzgarla ni juzgarse! «Espero que no sufras cuando crezcas, chiquitín», le deseó.

—Creo que he adivinado —dijo, luego de un momento—. Pero no me atrevo a decírtelo, porque, en efecto, es una cochinada, Alfonsito.

—Claro que lo es —asintió el niño, avergonzado. Se había vuelto a ruborizar—. Aunque lo sea, es la verdad, madrastra. Así eres tú también, no es mi culpa. Pero, qué importa, ya que nunca lo sabrá nadie, ¿no es cierto?

Y, sin transición, en uno de esos intempestivos cambios de tono y de tema en los que parecía subir o bajar muchos peldaños en la escalera de la edad, añadió:

—¿No se estará haciendo tarde para ir al aeropuerto a recoger a mi papá? Qué pena le dará si no llegamos.

Lo que ocurría entre ellos no había alterado en lo más mínimo —por lo menos, ella no lo advertía— la relación de Alfonso con don Rigoberto; a doña Lucrecia le parecía que el niño quería a su padre igual y acaso más que antes, a juzgar por las muestras de cariño que le daba. Tampoco parecía experimentar ante él la menor incomodidad o mala conciencia. «Las cosas no pueden ser tan sencillas y salir todo tan bien», se dijo. Y, sin embargo, hasta ahora lo eran y salían a la perfección. ¿Cuánto más duraría esta armoniosa fantasía? Otra vez volvió a decirse que si actuaba con inteligencia y cautela

149

nada vendría a trizar la ilusión encarnada que se había vuelto para ella la vida. Estaba segura, además, de que, si esta enrevesada situación se mantenía, don Rigoberto sería el dichoso beneficiario de su felicidad. Pero, como siempre que pensaba en esto, un presentimiento echó una sombra sobre esa utopía: las cosas sólo ocurrían así en las películas y en las novelas, mujer. Sé realista: tarde o temprano, acabará mal. La realidad nunca era tan perfecta como las ficciones, Lucrecia.

—No, todavía tenemos tiempo, mi amor. Faltan más de dos horas para la llegada del avión de Piura. Si es que no se atrasa.

—Entonces, voy a dormirme un rato, qué flojera tengo —bostezó el niño. Ladeándose, buscó el calor del cuerpo de doña Lucrecia y recostó la cabeza en su hombro. Un momento después, con voz apagada, ronroneó—: ¿Tú crees que si me saco el premio de excelencia a fin de año, mi papá me comprará la moto que le pedí?

—Sí, te la comprará —le contestó, estrechándolo con delicadeza y arrullándolo como a un recién nacido—. Si no te la compra él, lo haré yo, no te preocupes.

Mientras Fonchito dormía, respirando pausadamente —ella podía sentir, como ecos en su cuerpo, los simétricos golpes de su corazón—, doña Lucrecia permaneció

150

inmóvil para no despertarlo, sumida en una quieta modorra. Semidisuelta, su mente vagabundeaba entre un corso de imágenes, pero, cada cierto tiempo, una de ellas cobraba fuerza y se fijaba con un halo insinuante en su conciencia: el cuadro de la sala. Lo que le había dicho el niño la inquietaba un poco y la llenaba de misteriosa desazón, pues sugería en esa fantasía infantil unas profundidades mórbidas y una agudeza insospechadas.

Más tarde, luego de levantarse y desayunar, mientras Alfonsito se duchaba, bajó a la sala y estuvo contemplando el Szyszlo largo rato. Fue como si nunca lo hubiera visto antes, como si el cuadro, igual que una serpiente o una mariposa, hubiera mudado de apariencia y de ser. «Ese niñito es cosa seria», pensó, turbada. ¿Qué otras sorpresas escondería esta cabecita de diosecillo helénico? Esa noche, después de haber recogido a don Rigoberto en el aeropuerto y de haberlo escuchado relatar su viaje, abrieron y celebraron los regalos que les traía a ella y al niño (lo hacía en cada viaje): natillas, chifles y dos sombreros de paja fina de Catacaos. Después, cenaron los tres juntos, como una familia feliz.

La pareja se retiró a la alcoba temprano. Las abluciones de don Rigoberto fueron más breves que otras veces. Al reencontrarse en el lecho, los esposos se abrazaron apasionadamente, como después de una larguísima separación (en realidad, apenas tres días y dos noches). Siempre era así, desde el matrimonio. Pero, luego de los escarceos iniciales en la oscuridad, cuando, fiel a la liturgia nocturna, don Rigoberto murmuró ilusionado: «¿No me preguntas quién soy?», escuchó esta vez una respuesta que transgredía el pacto tácito: «No. Pregúntamelo tú, más bien». Hubo una pausa atónita, como el congelamiento de la escena de un film. Pero, unos segundos después, don Rigoberto, hombre de ritos, comprendió e inquirió, ansioso: «¿Quién, quién eres, cielo?». «La del cuadro de la sala, el cuadro abstracto», respondió ella. Hubo otra pausa, una risita entre irritada y defraudada, un largo silencio eléctrico. «No es momento para...», comenzó él a amonestarla. «No estoy bromeando», lo interrumpió doña Lucrecia, cerrándole la boca con los labios. «Soy ésa y no sé cómo no te diste cuenta todavía.» «Ayúdame, mi amor», se animó él, reanimándose, moviéndose. «Explícamelo. Quiero entender.» Ella se lo explicó y él entendió.

Mucho más tarde, cuando, después de haber conversado y reído, exhaustos y dichosos se disponían a descansar, don Rigoberto besó la mano de su mujer, conmovido:

—Cuánto has cambiado, Lucrecia. Ahora no sólo te quiero con toda mi alma. También te admiro. Estoy seguro que todavía aprenderé mucho de ti.

—A los cuarenta, se aprenden muchas cosas —sentenció ella, acariñándolo—. A ratos, Rigoberto, ahora por ejemplo, me parece que estoy naciendo de nuevo. Y que nunca he de morir.

¿Era eso la soberanía?

12
Laberinto de amor

Al principio, no me verás ni entenderás pero tienes que tener paciencia y mirar. Con perseverancia y sin prejuicios, con libertad y con deseo, mirar. Con la fantasía desplegada y el sexo predispuesto —de preferencia, en ristre— mirar. Allí se entra como la novicia al convento de clausura o el amante a la gruta de la amada: resueltamente, sin cálculos mezquinos, dándolo todo, exigiendo nada y, en el alma, la seguridad de que aquello es para siempre. Sólo con esa condición, poquito a poco la superficie de oscuros morados y violetas comenzará a moverse, a tornasolarse, a revestirse de sentido y a desplegarse como lo que, en verdad, es: un laberinto de amor.

La figura geométrica de la franja central, en la mitad misma del cuadro, esa silueta plana de paquidermo de tres patas es un altar, un ara, o, si tienes el espíritu alérgico al simbolismo religioso, un decorado teatral.

Acaba de oficiarse una ceremonia excitante, de reverberaciones deliciosas y crueles y lo que ves son sus vestigios y sus consecuencias. Lo sé porque he sido la dichosa víctima; también, la inspiradora, la actriz. Esas manchas de rubor en las patas del diluviano ser son mi sangre y tu esperma manando y helándose. Sí, vida mía, aquello que yace sobre la piedra ceremonial (o, si prefieres, el decorado prehispánico), esa hechura viscosa de llagas malvas y tenues membranas, de negras oquedades y glándulas que supuran grises, soy yo misma. Entiéndeme: yo, vista de adentro y de abajo, cuando tú me calcinas y me exprimes. Yo, erupcionando y derramándome bajo tu atenta mirada libertina de varón que ofició con eficiencia y, ahora, contempla y filosofa.

Porque tú estás allí también, carísimo. Mirándome como autopsiándome, ojos que miran para ver y mente alerta de alquimista que elucubra las recetas fosforescentes del placer. El de la izquierda, erecto en el compartimento de visos marrones, el de las medialunas sarracenas en la crisma, engalanado de un manto de plumas vivas, metamorfoseado en tótem, el de los espolones y el plumón bermejo, ése de espaldas que me observa, ¿quién podría ser sino tú? Acabas de incorporarte y mudarte en mirón. Hace un instante estabas ciego y de hinojos entre mis muslos, encendiendo mis fuegos como un sirviente abyecto y diligente. Ahora, gozas mirándome gozar y reflexionas. Ahora sabes cómo soy. Ahora te gustaría disolverme en una teoría.

¿Somos impúdicos? Somos totales y libres, más bien, y terrenales a más no poder. Nos han quitado la epidermis y ablandado los huesos, descubierto nuestras vísceras y cartílagos, expuesto a la luz todo lo que, en la misa o representación amorosa que concelebramos, compareció, creció, sudó y excretó. Nos han dejado sin secretos, mi amor. Esa soy yo, esclavo y amo, tu ofrenda. Abierta en canal como una tórtola por el cuchillo del amor. Rajada y latiendo, yo. Lenta masturbación, yo. Chorro de almíbar, yo. Dédalo y sensación, yo. Ovario mágico, semen, sangre y rocío del amanecer: yo. Esa es mi cara para ti, a la hora de los sentidos. Esa soy yo cuando, por ti, me saco la piel de diario y de días feriados. Esa será mi alma, tal vez. Tuya de ti.

Se ha suspendido el tiempo, por supuesto. Allí no envejeceremos ni moriremos. Eternamente gozaremos en esa media luz de crepúsculo que ya estupra la noche, alumbrados por una luna que nuestra embriaguez triplicó. La luna real es la del centro, retinta como ala de cuervo; las que la escoltan, color del vino turbio, ficción.

159

Han sido abolidos también los sentimientos altruistas, la metafísica y la historia, el raciocinio neutro, los impulsos y obras de bien, la solidaridad hacia la especie, el idealismo cívico, la simpatía por el congénere; han sido borrados todos los humanos que no seamos tú y yo. Ha desaparecido todo lo que hubiera podido distraernos o empobrecernos a la hora del egoísmo supremo que es la del amor. Aquí, nada nos frena ni inhibe, como al monstruo y al dios.

Este aposento triádico —tres patas, tres lunas, tres espacios, tres ventanillas y tres colores dominantes— es la patria del instinto puro y de la imaginación que lo sirve, así como tu lengua serpentina y tu dulce saliva me han servido a mí y se han servido de mí. Hemos perdido el apellido y el nombre, la faz y el pelo, la respetable apariencia y los derechos civiles. Pero hemos ganado magia, misterio y fruición corporal. Eramos una mujer y un hombre y ahora somos eyaculación, orgasmo y una idea fija. Nos hemos vuelto sagrados y obsesivos.

Nuestro conocimiento recíproco es total. Tú eres yo y tú, y tú soy yo y tú. Algo tan perfecto y sencillo como una golondrina o la ley de la gravedad. La perversidad viciosa —para decirlo con palabras en las que no creemos y que ambos despreciamos— está representada por esos tres miradores exhibicionistas del ángulo superior izquierdo. Son nuestros ojos, la contemplación que practicamos con tanto afán —como tú ahora—, el desnudamiento esencial que cada cual exige del otro en la fiesta del amor y esa fusión que sólo puede expresarse adecuadamente traumatizando la sintaxis: yo te me entrego, me te masturbas, chupatemémonos.

Ahora, deja de mirar. Ahora, cierra los ojos. Ahora, sin abrirlos, mírame y mírate tal como nos representaron en ese cuadro que tantos miran y tan pocos ven. Ahora ya sabes que, aun antes de que nos conociéramos, nos amáramos y nos casáramos, alguien, pincel en mano, anticipó en qué horrenda gloria nos convertiría, cada día y cada noche de mañana, la felicidad que supimos inventar.

13
Las malas palabras

—¿No está la madrastra? —preguntó Fonchito, decepcionado.

—Ya no tardará —repuso don Rigoberto, cerrando apresuradamente *The Nude,* de sir Kenneth Clark, que tenía sobre las rodillas. Con brusco sobresalto, retornaba a Lima, a su casa, a su escritorio, desde los vapores húmedos y femeninos del atestado *Baño turco* del pintor Ingres, en el que había estado inmerso—. Ha ido a jugar bridge con sus amigas. Pasa, pasa Fonchito. Conversemos un rato.

El niño le sonrió, asintiendo. Entró y se sentó a la orilla del gran confortable inglés de cuero aceitunado, bajo los veintitrés tomos empastados de la colección «Les maîtres de l'amour», dirigida y prologada por Guillaume Apollinaire.

—Cuéntame del Santa María —lo animó su padre, a la vez que, disimulando el libro con su cuerpo, iba a devolverlo al estante con vidriera y cerrojo donde guardaba sus tesoros eróticos—. ¿Van bien las clases? ¿No tienes dificultades con el inglés?

Las clases iban muy bien y los profesores eran buenísimos, papi. Entendía todo y mantenía largas conversaciones en inglés con el padre MacKey; estaba seguro de que este año terminaría también con el primer puesto de la clase. Le darían el premio de excelencia, tal vez.

Don Rigoberto le sonrió, satisfecho. La verdad, este chiquito no hacía más que darle alegrías. Un modelo de hijo; buen alumno, dócil, cariñoso. Se había sacado la suerte con él.

—¿Quieres una Coca-cola? —le preguntó. Se acababa de servir dos dedos de whisky y manipulaba la hielera. Alcanzó a Alfonso su vaso y se sentó a su lado—. Tengo que decirte algo, hijito. Estoy muy contento contigo y puedes contar con la moto que me pediste. La tendrás la semana próxima.

Al niño se le iluminaron los ojos. Una ancha sonrisa alborozó su cara.

—¡Gracias, papito! —Lo abrazó y lo besó en la mejilla.— ¡La moto que tanto quería! ¡Qué maravilla, papi!

Don Rigoberto se lo sacó de encima, riendo. Le acomodó los revueltos cabellos, en una discreta caricia.

—Tienes que agradecérselo a Lucrecia

166

—añadió—. Ella ha insistido para que te compre la moto ahora mismo, sin esperar los exámenes.

—Ya lo sabía —exclamó el niño—. Ella es buenísima conmigo. Más buena todavía, creo, de lo que era mi mamá.

—Es que tu madrastra te quiere mucho, chiquitín.

—Y yo también a ella —afirmó el niño, al instante, con vehemencia—. ¡Cómo no la voy a querer si es la mejor madrastra que hay en el mundo, pues!

Don Rigoberto bebió y paladeó: un agradable fuego le recorrió la lengua, la garganta y ahora descendía entre sus costillas. «Amable lava», improvisó. ¿A quién había salido tan bonito su hijo? Su cara parecía circundada por un halo radiante y rebosaba frescura y salud. No a él, ciertamente. Tampoco a su madre, porque Eloísa, aunque atractiva y de buen ver, jamás tuvo esa finura de rasgos, ni unos ojos tan claros ni una transparencia de piel semejante ni esos rizos de oro tan puro. Un querubín, un pimpollo, un arcángel de estampita de primera comunión. Sería mejor, para él, que de grande se afeara un poco: a las mujeres no les gustaban los hombres con cara de muñequito.

—No sabes qué alegría me da que te lleves tan bien con Lucrecia —añadió, luego de un momento—. Era algo que me asustaba mucho cuando nos casamos, ahora te lo puedo decir. Que ustedes no congeniaran, que tú no la aceptaras. Hubiera sido una gran desgracia para los tres. Lucrecia también tenía mucho miedo. Ahora, cuando veo lo bien que se llevan, me río de esos miedos. Si ustedes se quieren tanto que, a ratos, hasta celos tengo, pues me parece que tu madrastra te quiere más que a mí y que tú también la prefieres a ella que a tu padre.

Alfonso se rió a carcajadas, palmoteando, y don Rigoberto lo imitó, divertido con la explosión de buen humor de su hijo. Un gato maulló a lo lejos. Pasó un automóvil por la calle con la radio a todo volumen y durante unos segundos se oyeron las trompetas y maracas de una melodía tropical. Luego, surgió la voz de Justiniana, canturreando en el repostero, mientras accionaba la lavadora.

—¿Qué quiere decir orgasmo, papá? —preguntó de pronto el niño.

A don Rigoberto le sobrevino un acceso de tos. Carraspeó, mientras reflexionaba: ¿qué debía responder? Procuró adoptar una expresión natural y se mantuvo sin sonreír.

—Bueno, no es una mala palabra —aclaró, prudentemente—. Desde luego que no. Se relaciona con la vida sexual, con el placer. Podría decirse, tal vez, que es la culminación del goce físico. Algo que no sólo experimentan los hombres, también muchas especies de animales. Ya te hablarán de eso, en el curso de biología, seguramente. Pero, sobre todo, no pienses que es una lisura. ¿Dónde te encontraste con esa palabra, chiquitín?

—Se la escuché a mi madrastra —dijo Fonchito. Con una expresión muy pícara, se llevó un dedo a los labios en signo de complicidad—. Me hice el que sabía lo que era. No le vayas a decir que tú me la explicaste, papi.

—No, no se lo diré —murmuró don Rigoberto. Tomó otro sorbo de whisky y escudriñó a Alfonso, intrigado. ¿Qué había en esa rubicunda cabecita, detrás de esa frente tersa? Vaya usted a saberlo. ¿No decían que el alma de un niño era un pozo insondable? Pensó: «No debo averiguar nada más». Pensó: «Debo cambiar de conversación». Pero el morbo de la curiosidad o la atracción instintiva del peligro fue más fuerte, y, como quien no quiere la cosa, preguntó—: ¿Le oíste esa palabrita a tu madrastra? ¿Estás seguro?

El niño asintió varias veces, con la misma expresión entre risueña y pícara. Tenía las mejillas arreboladas y en sus ojos refulgía la gracia.

—Me dijo que había tenido un orgasmo

169

riquísimo —explicó, con cantarina voz de ruiseñor.

Esta vez, a don Rigoberto el whisky se le escapó de las manos; paralizado por la sorpresa, vio rodar el vaso sobre la alfombra de arabescos plomizos del estudio. El niño se precipitó a recogerlo. Se lo devolvió, murmurando:

—Menos mal que estaba casi vacío. ¿Quieres que te sirva otro, papi? Ya sé cómo te gusta, he visto cómo lo hace mi madrastra.

Don Rigoberto dijo que no con la cabeza. ¿Había oído bien? Sí, por supuesto: para eso tenía las orejas grandes. Para oír bien las cosas. Su cerebro había comenzado a crepitar como una hoguera. Esta conversación había ido demasiado lejos y era preciso cortarla de una vez y para siempre, so pena de algún imponderable gravísimo. Por un instante, tuvo la visión de un hermoso castillo de naipes que se desbarataba. Tenía una lucidez total sobre lo que debía hacer. Basta, se acabó, hablemos de otra cosa. Pero también esta vez el canto de las sirenas de los abismos fue más poderoso que su razón y que su sensatez.

—Qué invenciones son ésas, Foncho —hablaba muy despacio pero, aun así, su voz temblaba—. Cómo vas a haberlo oído

170

a tu madrastra semejante cosa. No puede ser, hijito.

El niño protestó, airado, con una mano en alto.

—Claro que sí, papi. Por supuesto que se la oí. Si me la dijo a mí, pues. Ayer nomás, en la tarde. Te doy mi palabra. ¿Por qué te iba a mentir? ¿Te he mentido nunca, yo?

—No, no, tienes razón. Tú siempre dices la verdad.

No podía controlar la incomodidad que había tomado posesión de él como una fiebre. El malestar era un moscardón estúpido, se daba encontrones contra su cara, sus brazos, y él no podía abatirlo ni esquivarlo. Se puso de pie y, caminando despacio, fue a servirse otro trago de whisky, cosa más bien insólita, pues nunca bebía más de una copa antes de la cena. Cuando regresó a su asiento, se dio con los ojos glaucos de Fonchito: seguían sus evoluciones por el estudio con la dulzura de costumbre. Le sonrieron y, haciendo un esfuerzo, también le sonrió.

«Ejem, ejem», carraspeó don Rigoberto, luego de unos segundos de ominoso silencio. No sabía qué decir. ¿Sería posible que Lucrecia le hiciera confidencias de esa índole, que le hablara al niño de lo que hacían ellos por las noches? Desde luego que no, qué tontería. Eran fantasías de Fonchito, algo muy típico de su edad: descubría la malicia, afloraba la curiosidad sexual, la líbido naciente le sugería fantasías a fin de provocar conversaciones sobre el fascinante tabú. Lo mejor, olvidar todo aquello y disolver el mal momento con banalidades.

—¿No tienes tareas para mañana? —preguntó.

—Ya las hice —contestó el niño—. Sólo tenía una, papi. Composición de tema libre.

—¿Ah, sí? —insistió don Rigoberto—. ¿Y qué tema escogiste?

Al niño se le volvió a encender la cara con una alegría candorosa y don Rigoberto repentinamente sintió un miedo cerval. ¿Qué pasaba? ¿Qué iba a pasar?

—Sobre ella, pues, papi, sobre quién iba a ser —palmoteaba Fonchito—. Le he puesto como título: «Elogio de la madrastra». ¿Qué te parece?

—Muy bien, es un buen título —contestó don Rigoberto. Y casi sin pensarlo, con una risotada falsa, añadió—: Parece el de una novelita erótica.

—¿Qué quiere decir erótica? —averiguó el niño, muy serio.

—Relativo al amor físico —lo ilustró don Rigoberto. Bebía de su vaso, a sorbitos, sin darse cuenta—. Ciertas palabras, como ésta, sólo cobran su sentido con el tiempo, gracias a la experiencia, algo que importa más que las definiciones. Todo eso vendrá poco a poco; no hay ninguna razón para que te apresures, Fonchito.

—Como tú digas, papi —asintió el niño, abriendo y cerrando los ojos: sus pestañas eran enormes y sombreaban sus párpados con una irisación violácea.

—¿Sabes que me gustaría leer ese «Elogio de la madrastra»?

—Claro, papacito —se entusiasmó el niño. Se puso de pie de un salto y echó a correr—. Así, si hay una falta, me la corriges.

En los pocos minutos que tardó Fonchito en volver, don Rigoberto sintió que el malestar crecía. ¿Demasiado whisky, tal vez? No, qué ocurrencia. ¿Indicaba esa opresión en las sienes que caería enfermo? En la oficina, había varios griposos. No, no era eso. ¿Qué, entonces? Recordó aquella frase de Fausto que lo había conmovido tanto de muchacho: «Amo al que desea lo imposible». El hubiera querido que fuera su divisa en la vida, y, en cierta forma, aunque de manera secreta, alentaba la sensación de haber alcanzado aquel ideal. ¿Por qué tenía ahora la angustiosa premonición de que un abismo se abría a sus pies? ¿Qué clase de peligro lo amenazaba? ¿Cómo? ¿Dónde? Pensó: «Es absolutamente imposible que

173

Fonchito haya oído decir a Lucrecia "Tuve un orgasmo riquísimo"». Le sobrevino un ataque de risa y se rió, pero sin la menor alegría, haciendo una mueca lastimosa que le devolvió el cristal del estante libidinoso. Ahí estaba Alfonso. Tenía un cuaderno en la mano. Se lo alcanzó sin decirle nada, mirándolo fijamente a los ojos, con esa mirada azul tan sosegada y tan ingenua que, como decía Lucrecia, «hacía sentirse sucia a la gente».

Don Rigoberto se calzó los lentes y encendió la lámpara de pie. Comenzó a leer en voz alta los claros caracteres caligrafiados en tinta negra, pero a la mitad de la primera frase enmudeció. Siguió leyendo en silencio, moviendo levemente los labios y pestañeando con frecuencia. Pronto, sus labios dejaron de moverse. Se le fueron abriendo, descolgando, hasta imponer a su cara una expresión alelada y estúpida. Una hebra de saliva se descolgó de entre sus dientes y manchó las solapas de su saco pero él no pareció notarlo pues no se limpió. Sus ojos se movían de izquierda a derecha, a veces rápido, a veces despacio, y por momentos retrocedían, como si no hubieran entendido bien o como si no pudiesen aceptar que aquello que habían leído estaba efectivamente escrito allí. Ni una sola vez, mientras duró la lenta, infinita lectura, se apartaron los ojos de don Rigoberto del cuaderno para mirar al niño, quien, sin duda, continuaba allí, en el mismo sitio, espiando sus reacciones, aguardando que terminara de leer y dijera e hiciera lo que debía decir y hacer. ¿Qué debía decir? ¿Qué debía hacer? Don Rigoberto sintió que tenía las manos empapadas. Unas gotas de sudor resbalaron de su frente al cuaderno y extendieron la tinta en unos manchones amorfos. Tragando saliva, atinó a pensar: «Amar lo imposible tiene un precio que tarde o temprano se paga».

Hizo un esfuerzo supremo y cerró el cuaderno y miró. Sí, ahí estaba Fonchito, observándolo con su bella cara beatífica. «Así debía ser Luzbel», pensó, mientras se llevaba a la boca el vaso vacío, en busca de un trago. Por el tintineo del cristal contra sus dientes advirtió que el temblor de su mano era muy fuerte.

—¿Qué significa esto, Alfonso? —balbuceó. Le dolían las muelas, la lengua, la mandíbula. No reconocía su propia voz.

—¿Qué cosa, papi?

Lo miraba como si no entendiera qué le ocurría.

—Qué significan estas... fantasías —tartamudeó, desde la espantosa confusión que le atenazaba el alma—. ¿Te has vuelto loco, chiquito? ¿Cómo has podido inventar unas suciedades tan indecentes?

Se calló porque no sabía qué más decir y se sentía disgustado y sorprendido por lo que había dicho. La carita del niño se fue apagando, entristeciendo. Lo miraba sin comprender, con algo de dolor en las pupilas y también de desconcierto, pero sin sombra de miedo. Por fin, luego de unos segundos, don Rigoberto le oyó decir lo que, en medio del horror que helaba su corazón, estaba esperando que dijera:

—Pero qué invenciones, papi. Si todo lo que cuento es verdad, si todo eso pasó así, pues.

En ese momento, con una sincronización que imaginó decidida por la fatalidad o por los dioses, don Rigoberto oyó que se abría la puerta de calle y escuchó la melodiosa voz de Lucrecia dando las buenas noches al mayordomo. Alcanzó a pensar que el rico y original mundo nocturno de sueño y deseos en libertad que con tanto empeño había erigido acababa de reventar como una burbuja de jabón. Y, súbitamente, su maltratada fantasía deseó, con desesperación, transmutarse: era un ser solitario, casto, desasido de apetitos, a salvo de todos los demonios de la carne y el sexo. Sí, sí, ése era él. El anacoreta, el santón, el monje, el ángel, el arcángel que sopla la celeste trompeta y baja al huerto a traer la buena noticia a las santas muchachas.

—Hola, hola, caballero y caballerito —cantó desde el umbral del escritorio doña Lucrecia.

Su nívea mano lanzó al padre y al hijo unos besos volados.

14
El joven rosado

La calor del mediodía me adormeció y no lo sentí llegar. Pero abrí los ojos y estaba allí, a mis pies, en medio de una luz rosada. ¿Estaba allí, en verdad? Sí, no lo soñé. Debió de entrar por la puerta de atrás, que mis padres dejarían abierta, o acaso saltando la verja del huerto, una verja que cualquier muchacho salva sin esfuerzo.

¿Quién era? No lo sé, pero, estoy segura, estuvo aquí, en este mismo corredor, arrodillado a mis pies. Lo vi y lo oí. Acaba de irse. ¿O debería decir mejor disolverse? Sí: arrodillado a mis pies. No sé por qué se arrodilló, pero no lo hacía burlándose de mí. Desde el principio me trató con tanta dulzura y reverencia, y mostró tanto respeto y humildad que la zozobra que me invadió al ver, tan cerca, a un extraño, se evaporó como el rocío con el sol. ¿Cómo es posible que no sintiera aprensión estando a solas con un forastero? ¿Con alguien que, además, entró quién sabe cómo al huerto de mi hogar? No lo comprendo. Pero todo el tiempo que el joven estuvo aquí, hablándome como se habla a una mujer importante y no la modesta muchacha que soy, me sentí más protegida que rodeada de mis padres o que en el Templo, los sábados.

¡Qué hermoso era! No debería decirlo así, pero lo cierto es que nunca había visto a un ser tan armonioso y suave, de formas tan perfectas y voz tan sutil. Apenas sí podía mirarlo; cada vez que mis ojos se posaban en sus tiernas mejillas, en su limpia frente o en las largas pestañas de sus grandes ojos llenos de bondad y de sabiduría, sentía en mi cara un amanecer caluroso. ¿Eso será, magnificado a todo el cuerpo, lo que sienten las muchachas cuando se enamoran? ¿Esa calor que no viene de afuera, sino de adentro del cuerpo, del fondo del corazón? Mis amigas del pueblo hablan de eso a menudo, yo lo sé, pero cuando me acerco a ellas se callan pues saben que soy muy tímida y que ciertos temas —ése, por ejemplo, el amor— me confunden tanto que mi cara se pone color grana y empiezo a tartamudear. ¿Es malo ser así? Esther dice que, por apocada y vergonzosa, nunca sabré qué es el amor. Y Deborah trata siempre de animarme: «Tienes que ser más audaz o tu vida será triste».

182

Pero el joven rosado decía que yo soy la elegida, que, entre todas las mujeres, me han señalado a mí. ¿Quién? ¿Para qué? ¿Por qué? ¿Qué cosa buena o mala he hecho para que alguien me prefiera? Yo sé muy bien lo poco que valgo. En la aldea hay muchachas más lindas y hacendosas, más fuertes, más ilustradas, más valientes. ¿Por qué me elegirían, pues, a mí? ¿Por ser más reservada y asustadiza? ¿Por mi paciencia? ¿Por llevarme bien con todo el mundo? ¿Por el cariño con que ordeño a nuestra cabrita y la alegría que me causan los quehaceres simples de cada día, como asear la casa, regar el huerto y preparar la comida de mis padres? No creo tener más méritos que ésos, si es que lo son, y no defectos. Deborah me dijo aquella vez: «Tú careces de aspiraciones, María». Tal vez sea cierto. Qué voy a hacer si así nací: me gusta la vida y el mundo me parece bello tal como es. Por eso dirán que soy simple. Sin duda lo soy, pues siempre he evitado las complicaciones. Pero algunos anhelos sí tengo. Me gustaría que mi cabrita no se muriera nunca, por ejemplo. Cuando me lame la mano pienso que un día se morirá y entonces se me empuña el corazón. No es bueno sufrir. Me gustaría, también, que nadie sufra.

El joven decía cosas absurdas, pero de manera tan melodiosa y cándida que no me atreví a reírme. Que me bendecirían, a mí y al fruto de mi vientre. Eso decía. ¿Sería un mago, tal vez? ¿Estaría con esas palabras formulando un conjuro a favor o en contra de algo, de alguien? No supe preguntárselo. A sus palabras sólo atiné a balbucear lo que contesto cuando mis padres me aleccionan o reprenden: «Está bien, haré lo que me corresponda, señor». Y me cubrí el vientre con las manos, asustada. ¿El «fruto de mi vientre» querrá decir que tendré un hijo? Qué dichosa me sentiría. Ojalá fuera un varón tan dulce y misterioso como el joven que vino a verme.

No sé si alegrarme o apenarme por esa visita. Presiento que a partir de ella cambiará mi vida. ¿De qué manera? ¿Será para mi bien o mi desgracia? ¿Por qué, en medio del regocijo que me causa recordar las dulces palabras de ese joven, siento, de pronto, miedo, como si se abriera súbitamente la tierra y divisara a mis pies un abismo erizado de monstruos espantosos al que me quieren obligar a saltar?

Dijo cosas bonitas, que sonaban muy lindo, pero difíciles de comprender. «Destino extraordinario, destino sobrenatural», entre otras. ¿A qué se refería? Mi manera de ser me predispone más bien a lo ordinario, a lo común. Todo lo que destaca o desentona, cualquier gesto o acción que violente

184

la costumbre o la normalidad, me inhibe y desarma. Cuando alguien, en mi delante, se excede y hace el ridículo, se me inflama la cara y padezco por él. Sólo me siento cómoda cuando advierto que los demás no me notan. «María es tan discreta que parece invisible», juega conmigo Raquel, mi vecina. A mí me gusta oírselo decir. Es cierto: para mí, pasar desapercibida es ser feliz.

Pero eso no significa que carezca de sueños y de sentimientos. Sólo que nunca me he sentido atraída por lo extraordinario. Mis amigas me dejan asombrada cuando las oigo: quisieran viajar, tener muchos siervos, desposar a un rey. A mí esas fantasías me intimidan. ¿Qué haría yo en otras tierras, entre gentes distintas a las mías, oyendo otros idiomas? Y qué lamentable reina sería yo, que pierdo la voz y me tiemblan las manos cuando hay algún desconocido oyéndome. Lo que le pido a la vida es un marido honrado, unos hijos sanos y una existencia tranquila, sin hambre y sin miedo. ¿Qué quiso decir el joven con «destino extraordinario, sobrenatural»? Mi timidez me impidió responderle lo que debí: «Yo no estoy preparada para eso, yo no soy ésa de la que habla usted. Vaya donde la bella Deborah, más bien, o donde Judith, que es tan resuelta, o a casa de Raquel, la inteligente. ¿Cómo puede usted anunciarme a mí que seré reina de los hombres? ¿Cómo decir que me rezarán en todas las lenguas y que mi nombre cruzará los siglos como los astros el cielo? Usted se equivocó de muchacha y de casa, señor. Yo soy muy poca cosa para esas grandezas. Yo casi no existo».

Antes de irse, el joven se inclinó y besó el ruedo de mi túnica. Un segundo, vi su espalda: había en ella un arcoiris, como si se hubieran posado allí las alas de una mariposa.

Ahora se ha ido y me ha dejado la cabeza llena de dudas. ¿Por qué me trató de señora si aún soy soltera? ¿Por qué me llamó reina? ¿Por qué descubrí un brillo de lágrimas en sus ojos cuando me vaticinó que sufriría? ¿Por qué me llamó madre si soy virgen? ¿Qué está sucediendo? ¿Qué va a ser de mí a partir de esta visita?

Epílogo

—¿Nunca tienes remordimientos, Fonchito? —preguntó Justiniana, de pronto. Iba recogiendo y doblando sobre una silla la ropa que el niño se quitaba de cualquier manera, lanzándosela luego con pases de basquet.

—¿Remordimientos? —se asombró la cristalina voz—. ¿Y de qué, Justita?

Ella, agachada para coger un par de medias de rombos verdes y granates, lo espió a través del espejo de la cómoda: Alfonso acababa de sentarse al filo de la cama y se ponía el pantalón del pijama, encogiendo y estirando las piernas. Justiniana vio asomar sus pies blancos y esbeltos, de talones rosados, los vio mover los diez dedos como haciendo ejercicios. Por fin, su mirada encontró la del niño, quien al instante le sonrió.

—No me pongas esa cara de mosquita muerta, Foncho —dijo, incorporándose. Se

189

sobó las caderas y suspiró, observando al niño perpleja. Sentía que, una vez más, iba a vencerla la rabia—. Yo no soy ella. A mí, con esa carita de niño santo no me compras ni me engañas. Dime la verdad, por una vez. ¿No tienes remordimientos? ¿Ni uno solo?

Alfonso lanzó una carcajada, abriendo los brazos, y se dejó caer de espaldas en la cama. Pataleó, con las piernas levantadas, disparando y recibiendo la imaginaria pelota. Su risa era fuerte y elocuente y Justiniana no descubrió en ella ni una sombra de burla o de mala intención. «Miéchica», pensó, «quién entiende a este mocoso».

—Te juro por Dios que no sé de qué me estás hablando —exclamó el niño, sentándose. Besó con convicción sus dedos cruzados—. ¿O me estás haciendo una adivinanza, Justita?

—Métete en la cama de una vez que te puedes resfriar. No tengo ninguna gana de cuidarte.

Alfonso la obedeció en el acto. Saltó, levantó las sábanas, se deslizó entre ellas ágilmente y se acomodó la almohada bajo la espalda. Luego, se quedó mirando a la muchacha de una manera mimosa y consentida, como si fuera a recibir un premio. Los cabellos le cubrían la frente y sus grandes ojos azules fosforecían en la semipenumbra en que se hallaban, pues la luz de la lamparilla se detenía en sus mejillas. Tenía la boca sin labios entreabierta luciendo la blanquísima hilera de dientes que se acababa de cepillar.

—Te estoy hablando de doña Lucrecia, diablito, y lo sabes muy bien, así que no te hagas —dijo ella—. ¿No te da pena lo que le hiciste?

—Ah, era de ella —exclamó el niño, decepcionado, como si el tema resultara demasiado obvio y aburrido para él. Se encogió de hombros y no vaciló lo más mínimo al añadir—: ¿Por qué me daría pena? Si hubiera sido mi mamá, me habría dado. ¿Acaso lo era?

No había rencor ni cólera cuando hablaba de ella en su tono ni en su expresión: pero esa indiferencia era lo que, precisamente, irritaba a Justiniana.

—Hiciste que tu papá la botara de esta casa como un perro —susurró, apagada, tristona, sin volver la cabeza hacia él, los ojos fijos en el entarimado lustroso—. Le mentiste primero a ella y después a él. Hiciste que se separaran, cuando eran tan felices. Por tu culpa, ella debe ser ahora la mujer más desgraciada del mundo. Y don Rigoberto también, desde que se separó de tu madrastra parece un alma en pena. ¿No te das cuenta cómo le han caído encima los años en unos pocos días? ¿Tampoco eso te da remordimientos? Y se ha vuelto un beato y un cucufato como no he visto. Los hombres se vuelven así cuando sienten que van a morirse. ¡Y todo por tu culpa, bandido!

Se volvió hacia el niño, asustada, pensando que había dicho más de lo prudente. Desde lo ocurrido, ya no se fiaba de nada ni de nadie en esta casa. La cabeza de Fonchito se había adelantado hacia ella y el cono dorado de la lamparilla la circundaba igual que una corona. Su sorpresa parecía ilimitada.

—Pero, si yo no hice nada, Justita —tartamudeó, pestañeando, y ella vio que la manzana de Adán subía y bajaba por su cuello como un animalito nervioso—. Yo nunca he mentido a nadie y menos a mi papá.

Justiniana sintió que le ardía la cara.

—¡Le mentiste a todo el mundo, Foncho! —alzó la voz. Pero se calló, tapándose la boca, pues en ese instante se oyó, arriba, correr el agua del lavador. Don Rigoberto había empezado sus abluciones nocturnas, las que, desde la partida de doña Lucrecia, eran mucho más breves. Ahora se acostaba siempre temprano y ya no se le oía tarareando zarzuelas mientras se aseaba. Cuando Justiniana volvió a hablar lo hizo bajito, sermoneando al niño con su dedo índice—.

192

Y me mentiste a mí también, por supuesto. Cuando pienso que me tragué el cuento de que te ibas a matar porque doña Lucrecia no te quería.

Ahora sí, bruscamente, la cara del niño se indignó.

—No era mentira —dijo, cogiéndola de un brazo y sacudiéndola—. Era cierto, era tal cual. Si mi madrastra me seguía tratando como en esos días, me hubiera matado. ¡Te lo juro que me hubiera, Justita!

La muchacha le retiró el brazo de mal modo y se apartó de la cama.

—No jures en vano que Dios te puede castigar —murmuró.

Fue a la ventana y, al correr las cortinas, advirtió que en el cielo destellaban unas cuantas estrellas. Se quedó mirándolas, sorprendida. Qué raro ver esas lucecitas titilantes en vez de la neblina acostumbrada. Cuando se dio vuelta, el niño había cogido el libro que tenía en el velador y, acomodándose la almohada, se disponía a leer. De nuevo se lo notaba tranquilo y contento, en paz con su conciencia y con el mundo.

—Por lo menos dime una cosa, Fonchito.

Arriba, el agua del lavador corría con un murmullo constante e idéntico, y en el techo dos gatos maullaban, peleando o fornicando.

—¿Qué, Justita?

—¿Lo planeaste todo desde el principio? La pantomima de que la querías tanto, eso de subirte al techo a espiarla cuando se bañaba, la carta amenazando con matarte. ¿Hiciste todo eso de a mentiras? ¿Sólo para que ella te quisiera y después poder ir a acusarle a tu papá que te estaba corrompiendo?

El niño colocó el libro en el velador, señalando la página con un lápiz. Una mueca ofendida desarmó su cara.

—¡Yo nunca dije que ella me estaba corrompiendo, Justita! —exclamó, escandalizado, azotando el aire con una de sus manos—. Eso te lo estás inventando tú, no me hagas trampas. Fue mi papá el que dijo que me estaba corrompiendo. Yo sólo escribí esa composición, contando lo que hacíamos. La verdad, pues. No mentí en nada. Yo no tengo la culpa de que él la botara. A lo mejor lo que él dijo era cierto. A lo mejor ella me estaba corrompiendo. Si mi papá lo dijo, así será. ¿Por qué te preocupas tanto por eso? ¿Preferirías haberte ido con ella que quedarte en esta casa?

Justiniana apoyó la espalda en el estante donde Alfonso tenía sus libros de aventuras, los gallardetes y diplomas y las fotos de colegio. Entrecerró los ojos y pensó: «Tendría que haberme ido hace rato, es verdad».

194

Desde la partida de doña Lucrecia tenía el presentimiento de que también a ella la acechaba un peligro aquí y vivía sobre ascuas, con la permanente sensación de que si se descuidaba un instante caería también en una emboscada de la que saldría peor que la madrastra. Había sido una imprudencia encarar al niño de ese modo. No lo haría nunca más porque Fonchito, aunque lo fuera en edad, no era un niño, sino alguien con más mañas y retorcimientos que todos los viejos que ella conocía. Y, sin embargo, sin embargo, mirando esa carita dulce, esas facciones de muñequito, quién se lo hubiera creído.

—¿Estás enojada conmigo por algo? —lo oyó decir, compungido.

Mejor no provocarlo más; mejor, hacer las paces.

—No, no lo estoy —respondió, avanzando hacia la puerta—. No leas mucho que mañana tienes colegio. Buenas noches.

—Justita.

Se volvió a mirarlo ya con una mano en la perilla.

—¿Qué quieres?

—No te enojes conmigo, por favor. —Le imploraba con los ojos y con las largas pestañas batientes; le rogaba con la boquita fruncida en un semipuchero y con los hoyuelos de las mejillas latiendo—. Yo a ti te

195

quiero mucho. Pero tú, en cambio, me odias ¿no, Justita?

Hablaba como si fuera a romper en llanto.

—No te odio, zonzo, cómo te voy a odiar.

Arriba, el agua seguía corriendo, con un sonido uniforme, interrumpido por breves espasmos, y se oía también, de cuando en cuando, los pasos de don Rigoberto yendo de un lado a otro del cuarto de baño.

—Si es verdad que no me odias, dame siquiera un beso de despedida. Como antes, pues, ¿te has olvidado?

Ella dudó un momento, pero luego asintió. Fue hasta la cama, se inclinó y lo besó rápidamente en los cabellos. Pero el niño la retuvo, echándole los brazos al cuello, y haciéndole gracias y monerías, hasta que Justiniana, a pesar de sí misma, le sonrió. Viéndolo así, sacando la lengua, revolviendo los ojos, meciendo la cabeza, alzando y bajando los hombros, no parecía el diablillo cruel y frío que llevaba dentro, sino el niñito lindo que era por fuera.

—Ya, ya, déjate de payasadas y a dormir, Foncho.

Volvió a besarlo en los cabellos y suspiró. Y a pesar de que acababa de prometerse que no volvería a hablarle de aquello, de pronto

196

se oyó decir, apresurada, contemplando esas hebras doradas que le rozaban la nariz:

—¿Hiciste todo eso por doña Eloísa? ¿Porque no querías que nadie reemplazara a tu mamá? ¿Porque no podías aguantar que doña Lucrecia ocupara el lugar de ella en esta casa?

Sintió que el niño se quedaba rígido y en silencio, como meditando lo que debía responder. Después, los bracitos enlazados en su cuello presionaron para obligarla a bajar la cabeza, de modo que la boquita sin labios pudiera acercarse a su oído. Pero en vez de oírlo musitar el secreto que esperaba sintió que la mordisqueaba y besaba, en el borde de la oreja y el comienzo del cuello, hasta estremecerla de cosquillas.

—Lo hice por ti, Justita —lo oyó susurrar, con aterciopelada ternura—, no por mi mamá. Para que se fuera de esta casa y nos quedáramos solitos mi papá, yo y tú. Porque yo a ti...

La muchacha sintió que, sorpresivamente, la boca del niño se aplastaba contra la suya.

—Dios mío, Dios mío —se desprendió de sus brazos, empujándolo, sacudiéndolo. A tropezones salió del cuarto, frotándose la boca, persignándose. Le parecía que si no tomaba aire su corazón estallaría de rabia—. Dios mío, Dios mío.

Ya afuera, en el pasillo, oyó que Fonchito reía otra vez. No con sarcasmo, no burlándose del rubor y la indignación que la colmaban. Con auténtica alegría, como festejándose una gracia. Fresca, rotunda, sana, infantil, su risa borraba el sonido del agua del lavador, parecía llenar toda la noche y subir hasta esas estrellas que, por una vez, habían asomado en el cielo barroso de Lima.

Pinacoteca

[1] Jacob Jordaens, *Candaules, rey de Lidia, muestra su mujer al primer ministro Giges* (1648), óleo sobre tela, Museo Nacional de Estocolmo.

[2] François Boucher, *Diana después de su baño* (1742), óleo sobre tela, Museo del Louvre, París.

[3] Tiziano Vecellio, *Venus con el Amor y la Música*, óleo sobre tela, Museo del Prado, Madrid.

[4] Francis Bacon, *Cabeza I* (1948), óleo y témpera, colección Richard S. Zeisler, Nueva York.

[5] Fernando de Szyszlo, *Camino a Mendieta 10* (1987), acrílico sobre tela, colección particular.

[6] Fra Angelico, *La Anunciación* (c. 1437), fresco, Monasterio de San Marco, Florencia.

Esta obra se terminó de imprimir
en octubre de 1983, en
Ingramex, S.A.
Centeno 162 México 13, D.F.

La edición consta de 5,000 ejemplares